RÊVE
DE JE(UX)

RÊVE DE JE(UX)
MA DIFFÉRENCE, MA FORCE

MATHIEU THOMAS

Avec Muriel Herbert
et Tiffany Mazars

Sous la direction de Frédéric Veille

City
Témoignage

Retrouvez tous les titres City Éditions :
www.city-editions.com

© **City Éditions 2024**
Photo de couverture : © Paul PATRIX
ISBN : 978-2-8246-2297-2
Code Hachette : 11 6285 3
Collection dirigée par Christian English et Frédéric Thibaud
Catalogues et manuscrits : city-editions.com

Conformément au Code de la Propriété Intellectuelle, il est interdit
de reproduire intégralement ou partiellement le présent ouvrage, et ce,
par quelque moyen que ce soit, sans l'autorisation préalable de l'éditeur.

Dépôt légal : Avril 2024

Sommaire

Introduction 7

1. ACCEPTER

Avant l'annonce 14
Les résultats de la biopsie 19
Chimiothérapie et effets secondaires 22
Je me forge une nouvelle identité 23
L'opération 28
L'annonce de la perte de mobilité de ma jambe 31
Postopératoire 32
Ma vie d'après 38
Le regard des autres 46
Une vie sentimentale mouvementée 50
La place du sport dans ma vie 55
Les cinq étapes nécessaires pour faire
un deuil et donc pour… accepter 60
Nos chemins de vie 64

2. TRANSFORMER

Parlons vrai, parlons statistiques,
définitions et « accessibilité » 70
Pourquoi le badminton ? 77
Le début du para-badminton 80

Le tatouage de ma jambe invalide 87
Je deviens papa de jumeaux 89
Renaissance 93
Je deviens entrepreneur et conférencier 103
Période Covid 118
Mon pourquoi me pousse vers ce rêve de je(ux) 125
Les JO de Tokyo, un tournant marquant 128
Road to Paris 2024 136
Les enjeux des Jeux 146
L'équilibre entre sport, conférences et famille 152
J'aide la chance 156

3. RÊVER

Le commencement d'un rêve, à l'image
d'une journée 165
Comment construire son rêve en quatre étapes 169
Le cercle vertueux qui mène à ses rêves 174
L'entêtement, ma botte secrète 190
Puiser la force en soi 193
La face cachée de mon rêve 197
La perspective du rêve 202
Les petits pas qui mènent loin 205
Les leçons de mon année de préparation (2023) 209
Votre itinéraire à la suite de ce livre ? 214
Mon objectif, c'est nous 217
Ce que je veux transmettre,
à mes enfants, à mes lecteurs ! 224
L'espoir pour réaliser vos rêves 226

Introduction

Et si nous nous replongions dans nos têtes d'enfant ? Vous vous souvenez de vos rêves ? Vous vous voyez déguisé ou un feutre à la main vivre ces rêves à fond. Vous vous imaginiez peut-être aller dans l'espace, devenir chanteuse ou même parcourir le monde en bateau (de pirate ?).

Dans ma tête, mon rêve, c'était de jouer avec Michael Jordan. Je vous le dis avec le sourire. Rien que de l'écrire, je me souviens encore de ce que cela me faisait quand je le voyais voler sur les parquets de basketball. De ces papillons dans le ventre. J'avais des étoiles plein les yeux. Je me souviens : je m'imaginais carrément à ses côtés, faire cette passe décisive et… marquer ce panier au buzzer.

Avec cette insouciance d'enfant, mine de rien, on se connecte à cette envie de grand, de beau, de réalisation. Il n'y a plus de limites à ses rêves. Puis, on grandit. Cette légèreté s'envole et nos rêves se transforment.

Avec le temps, ils se construisent, devenant de plus en plus réels. Palpables. Presque raisonnables.

« Laisse tes rêves changer la réalité, mais ne laisse pas la réalité changer tes rêves. »

J'aime beaucoup cette phrase de Nelson Mandela, car elle m'encourage à garder une attitude positive et à poursuivre mes rêves malgré les défis de la vie. Vous ne trouvez pas que cette phrase invite aux changements ? Elle suggère que nos rêves devraient être une source d'inspiration pour influencer et améliorer notre réalité. Au lieu de se conformer aux limites de la réalité actuelle, nos rêves devraient nous motiver à chercher des moyens de les rendre possibles.

Je pense aussi qu'elle préserve notre motivation : en ne laissant pas la réalité nous décourager ou restreindre nos rêves, nous maintenons notre motivation et notre passion pour les poursuivre. Cela peut nous donner la persévérance nécessaire pour surmonter les obstacles.

Introduction

Tout cela nous pousse à faire preuve de créativité : en laissant nos rêves changer la réalité, nous sommes encouragés à être créatifs et à trouver des solutions innovantes pour atteindre nos objectifs, plutôt que d'abandonner ou de réduire nos ambitions en fonction de ce qui semble réalisable dans l'immédiat.

Utilisons nos rêves comme une force motrice pour améliorer nos vies et la réalité qui nous entoure, au lieu de laisser la réalité nous décourager et limiter nos aspirations. Je ne suis qu'un petit messager parmi tant d'autres, mais je me sens aligné avec cette phrase venant d'un grand homme.

Pour ma part, je pense humblement que nos choix sont à l'origine de la réalisation de nos rêves. Et quand je parle de choix, je ne pense pas qu'il y ait de bon ou de mauvais choix. Je pense qu'ils sont neutres. Et que c'est la manière dont on va utiliser ce choix, l'environnement dans lequel il va agir qui créeront toute sa magie, ou pas.

On entend souvent « choisir, c'est renoncer ». Je ne suis pas particulièrement d'accord avec cela. Je dirais qu'il s'agit d'emprunter un chemin, et qu'il n'est pas tout tracé : il est à construire. Alors peut-être – sans doute – qu'il y aura des marches arrière. Et c'est O.K. Il n'y a pas besoin de renoncer, de balayer certaines idées. Souvent, les choix sont aussi régis par les rencontres que l'on fait, le timing dans notre vie, les événements qui la composent. Ce qui compte pour moi dans le choix, c'est agir. Avancer. Se donner les moyens, l'énergie, la motivation de poursuivre sa route. C'est pour ça que je pense qu'il est le moteur de nos rêves. Choisir, c'est aussi un moment de rencontre avec soi-même, c'est se poser des questions sur la justesse de ce choix, de sa corrélation avec ses valeurs. C'est donc un rendez-vous intérieur qui nous lie avec ce rêve. C'est ce qui va permettre de passer de l'idée à l'action. Du rêve à la réalité. C'est ça, la magie du rêve. Et on a tous ce pouvoir magique en nous.

Comme je le dis souvent autour de moi, lorsque quelqu'un me parle de chance, et du fait que j'en ai, de faire tous ces voyages, toutes ces compétitions, toutes ces médailles : « Ce n'est pas particulièrement que *j'ai de la chance* mais plutôt que *j'aide la chance* de toutes mes forces. » Nous en reparlerons plus loin, mais pour moi, il n'y a pas de hasard. Tout est en nous. En faisant nos propres choix, on embarque sur tel ou tel chemin. Et ainsi, en pensant comme cela, on se crée des possibles, on se crée des opportunités. On se donne cette capacité infinie pour atteindre nos rêves. Et c'est vraiment ça, selon moi, qui crée toute la beauté de notre monde.

Introduction

Ainsi, je me lève chaque matin en faisant ce choix. Celui de faire vivre cette lumière pour avancer vers ce rêve. Et cette lumière, c'est ma singularité.

Ma lumière, c'est aussi cet ensemble de rencontres, d'expériences, de moments forts dans ma vie qui me construisent et qui font ce que je suis aujourd'hui : un sportif de haut niveau en para-badminton, un papa de jumeaux, un homme qui veut partager son histoire.

J'espère qu'elle résonnera en vous.

1
Accepter

La vie, c'est 10 % de ce qui t'arrive et 90 % de ce que tu en fais ! Et sur ce terrain de jeu du développement personnel, je suis intimement convaincu que l'acceptation, c'est la clé pour reprendre le pouvoir de sa vie.

Accepter ce qui nous arrive, accepter ce que l'on devient, c'est essentiel pour accéder à des rêves plus grands que soi ! J'en ai fait l'expérience. Et aujourd'hui, je me sens prêt à la partager avec le plus grand nombre.

J'ai vaincu un cancer à l'âge de dix-sept ans, mais derrière, j'ai aussi mis treize ans à accepter mon handicap. Nous allons parler de tout cela, avec joie, mais comprenez que pour moi, cela a mis treize longues années pour accepter cette jambe invalide. Aujourd'hui, elle fait partie de ma singularité. Un pilier dans ma vie.

Il m'a fallu tout ce temps pour comprendre que même avec cette « patte folle », je pouvais quand même faire de belles choses, car je me suis connecté à moi. Et au final, ce passage de ma vie a été bénéfique, puisqu'il m'a permis de devenir l'homme que je suis aujourd'hui.

Bien évidemment, je souhaite que vous mettiez moins de temps que moi à faire ce chemin. C'est le but de ce livre ! Et je vous assure : vous gagnerez effectivement du temps, si et seulement si vous vous engagez vers l'acceptation de votre handicap invisible – et je dirais même plus largement – de votre singularité. Car l'essentiel se loge dans votre cœur.

Avant l'annonce

Avant l'annonce choc de mon cancer à l'âge de 17 ans, j'avais déjà l'esprit sportif. L'envie de braver les difficultés. De grandir. D'aller plus haut, plus loin, plus vite, plus fort.

Allez-vous vous retrouver dans mon portrait ?

Il faut savoir que ma vie a commencé sous les meilleurs auspices : j'étais entouré de la bienveillance de mes parents, sans pression, et dans une ouverture

Accepter

d'esprit qui m'a notamment amené à pratiquer la musique, mais beaucoup de sport.

J'accroche surtout sur le basket. Ce sport me plaît. Parce que je suis grand, habile, et que mon père m'emmène régulièrement voir des matchs avec mon petit frère.

J'ai eu la chance de vivre une enfance heureuse. Franchement, j'ai eu beaucoup d'amour, et pour cela, j'en serai éternellement reconnaissant à ma famille !

Et puis, j'étais un enfant gentil, sérieux, peut-être un peu taquin, mais en tout cas qui se construisait sereinement, sans se dire que la présence d'un danger quelconque pouvait survenir.

Au milieu de cette période paisible, en 2001, l'été de mes seize ans, je suis parti en colonie à New York, peu avant l'événement tragique qui a bousculé le monde entier. Je garde un chouette souvenir de ces vacances, malgré mes copains qui me font remarquer avec insistance que l'une de mes jambes paraît plus mince que l'autre.

Je le voyais plus ou moins, mais le fait que d'autres personnes le constatent m'alerte.

Nous rentrons en France fin août. J'échappe finalement de justesse à la tragédie américaine pour en affronter une autre, plus personnelle, qui changera définitivement le cours de ma vie.

Mais mes dix-sept ans sont arrivés et resteront gravés dans ma mémoire comme une année pleine de challenges.

Rêve de je(ux)

À la rentrée scolaire de septembre, à la suite de ce voyage aux États-Unis et de ces remarques qui ont marqué mon esprit, j'entame ma dernière année de lycée, avec le bac en ligne de mire, mais j'amorce également des démarches médicales pour enquêter sur cette jambe effectivement plus fine que l'autre.

Serait-il possible que cette différence de volume s'explique simplement parce que ce n'est pas ma jambe d'appel au basket ? C'est sans véritable inquiétude que je me rends chez mon médecin de famille pour en savoir plus, mais surtout renouveler mon certificat médical pour la pratique du sport. Il réalise un examen classique et frappe mon genou avec son petit marteau pour obtenir le réflexe rotulien. Je m'aperçois, en même temps que le docteur, que ma jambe ne sursaute pas. Ce petit coup sur mon genou reste sans effet.

La première hypothèse médicale s'oriente vers un problème neurologique. On effectue un électromyogramme, c'est-à-dire qu'un courant électrique passe dans ma jambe afin de vérifier si les nerfs fonctionnent. Heureusement, on nous annonce, à moi ainsi qu'à mes parents, que tout va bien de ce côté-là. Ce n'est pas une maladie neurologique comme la myopathie ou la sclérose en plaques.

Ouf ! J'ai la sensation d'avoir franchi un premier obstacle. Mais les questions perdurent...

Ce sera le second examen médical, une IRM, qui révélera la provenance de ce qui est bel et bien un

Accepter

symptôme. On me découvre une tumeur dans le bas-ventre, qui comprime le nerf crural, lequel est connecté à ma cuisse droite. C'est à ce moment que me reviennent en mémoire d'anciens rendez-vous médicaux où je me plaignais de douleurs dans cette jambe droite.

« Mais non, tout va bien, disaient les médecins. Tu as quinze ans, tu grandis, c'est la croissance... Tu pratiques le basket... Change de chaussures... C'est ta démarche... »

Au fond de moi, je savais qu'ils avaient tort. D'ailleurs, j'entrais souvent en conflit avec eux à cause de cela. J'avais déjà un caractère affirmé pour mon jeune âge.

Et vous, comment étiez-vous ? Avez-vous déjà eu ce sentiment de savoir que vous avez quelque chose, mais que les médecins pensent que c'est tout autre chose, voire pire, que c'est dans votre tête ?

La vie peut être dure, parfois. Mais elle ne vous embête jamais pour rien. C'est juste que la leçon qui va avec, vient avec le temps. Plus tard. Peut-être moins violemment.

Mes parents font tout et se renseignent pour trouver les meilleurs spécialistes. Ils se mobilisent pour en savoir plus sur cette tumeur et c'est à l'hôpital Cochin que nous nous tournons vers le professeur Tomeno, un professeur renommé. Un rendez-vous qui fera basculer totalement la suite de ma vie. Il me parle alors de faire une biopsie pour savoir si la tumeur est bénigne ou non, mais surtout, il me parle longuement de cancer, de chimiothérapie, en commentant devant moi le cliché de l'IRM...

Il est fou ! pensais-je en mon for intérieur.

En même temps, je savais que le professeur avait raison. Ce cancer, je le sentais vivre dans mon corps, je ressentais physiquement sa présence.

Le professeur fixe ainsi la biopsie au plus vite, c'est-à-dire la semaine suivante !

— Je ne peux pas manquer l'école, c'est l'année de mon bac, ce ne sera pas possible ! je réponds innocemment.

— Oh, mais jeune homme, il y a plus important dans la vie que le bac..., me répond-il.

Sa réponse m'interpelle.

Avez-vous eu des paroles gravées dans votre esprit, vous aussi ?

Quand on entend pour la première fois à dix-sept ans qu'il y a plus important pour un lycéen que le baccalauréat, cela vous marque à jamais ! Mon état était-il si grave qu'on ne puisse reporter de quelques jours cette biopsie ?

Je comprenais petit à petit, et pour moi, ce fut le début d'un challenge. Je ne parlerai pas d'un « combat » mais véritablement d'un défi de vivre. De m'en sortir avec cet état d'esprit d'un sportif que j'avais déjà, semble-t-il.

Car pour mes parents, en revanche, l'annonce fut bien évidemment plus rude à encaisser. Ce que je comprends parfaitement. Ils ne voulaient pas me perdre. Et, oui, je me suis battu pour que cela n'arrive pas.

Sur le moment, je ne m'en suis pas rendu compte. Mes préoccupations étaient devenues vraiment différentes de celles de mes copains. Plus crues. Plus vitales. Et ainsi, j'avais plus de recul sur les cours, les notes, les appréciations des professeurs. À la maison, j'étais plus à l'aise avec les adultes. Normal, puisque j'en devenais un également !

Les résultats de la biopsie

« L'homme se découvre quand il se mesure avec l'obstacle. »

(Antoine de Saint-Exupéry)

Une semaine après ce rendez-vous, les médecins effectuaient la biopsie de la tumeur.

Je revis l'oncologue deux fois avant l'annonce des résultats définitifs.

Il faut effectivement beaucoup de « patience » quand on devient un « patient » à dix-sept ans. Un patient dont la problématique est prise très au sérieux par le corps médical.

Je crois que c'est dans ce tumulte que j'ai laissé partir ma douce enfance. Je suis très vite devenu adulte !

Le jour des résultats de la biopsie, c'est cette fois-là par la grande porte que je fus prié d'entrer dans le bureau du professeur en médecine, pas par le sas entre deux portes où je passais pour les précédentes consultations. C'est aux détails que l'on comprend vite les choses.

Sans détour, le professeur en médecine annonce à mes parents qu'il s'agit bien d'un cancer. Le mot est lâché clairement ! Le diagnostic tombe. Mais pas moi. Étonnamment, je ne m'écroule pas. En revanche, ce n'est pas si facile pour mes parents, comme l'explique ma mère, Sophie :

« Plus nous avancions dans les examens médicaux, plus les résultats annoncés devenaient inquiétants, mais jamais, nous n'aurions imaginé que la tumeur était cancéreuse. Je pense que nous étions dans le déni total : il fallait se protéger en se mentant à soi-même pour supporter et continuer à avancer. C'est pourquoi le jour où le professeur Tomeno nous a dit que la tumeur était maligne, ce fut un choc, un tsunami. Je revois précisément la scène : j'étais encore debout devant le bureau du médecin, je suis alors tombée sur ma chaise, les larmes ont coulé et je suis restée muette un certain temps, immobile. Je n'osais pas regarder Mathieu, ni Gilles. Je me disais en mon for intérieur : *Comment*

Accepter

Mathieu va-t-il affronter tout cela ? J'aurais préféré que ce soit moi ! Comment allons-nous le dire à son frère ? Son papa Gilles, lui aussi, se demandait pourquoi cela nous arrivait. En tant que parents, comment aider Mathieu, sans le plaindre, car il a horreur de la pitié, mais en le soutenant, tout en cachant notre peur et en restant confiants ? »

Ainsi, comme nous l'avions tous bien compris, une tumeur maligne s'était développée dans mon ventre, et elle comprimait le nerf crural, ce qui avait causé l'atrophie de ma jambe. Du haut de mes dix-sept ans, je garde malgré tout le contrôle. J'échange même avec le docteur pendant que mes parents, plus choqués, restent silencieux et attentifs.

On nous explique le déroulement du protocole en cas de cancer. Et à ce moment précis, j'encaisse aussi bien que possible le diagnostic qui n'était plus vraiment une surprise pour moi, et j'anticipe déjà la chimiothérapie comme un sportif qui doit affronter un adversaire.

Ce serait moi qui gagnerais ! Je m'en souviens. J'ai immédiatement eu la ferme intention de ne pas me laisser aller à de mauvaises pensées ! J'en ai eu, bien sûr. Je me demande : *Pourquoi moi ? Qu'est-ce que j'ai fait de mal dans le passé ?* Mais très vite, je reprends le dessus sur elles, sur les barrières que l'on met avec le découragement, et je me suis mis en mode « rien ne peut m'atteindre ». Je me suis dit :

Voilà un challenge pour moi. Il est là, mon combat, moi qui ai été chouchouté pendant des années. À moi d'affronter tout ça, je suis jeune, je n'ai encore rien vécu, alors je dois guérir. Je dois tout mettre en œuvre pour vaincre ce cancer. À moi de m'armer mentalement et physiquement.

Challenge accepté.

Chimiothérapie et effets secondaires

Le protocole de la chimiothérapie se déroulait sur trois jours d'hospitalisation et se répétait toutes les trois semaines. J'étais suivi à l'institut Curie à Paris.

Je me souviens parfaitement de la première séance et de ses terribles effets secondaires. Je me retrouvais très malade, à vomir sans cesse malgré les antivomitifs qui m'étaient administrés, et épuisé. Je n'arrivais plus à manger, à part des pommes, et encore pas n'importe lesquelles. En outre, mon sens de l'odorat s'était exacerbé et la moindre petite odeur me faisait frémir. Aujourd'hui encore, je ne peux sentir l'odeur du café sans qu'elle me rappelle cette désagréable sensation des petits matins à l'hôpital.

Ma mémoire n'a guère enregistré de souvenirs de cette période du début du traitement qui représente pour moi une sorte de black-out tant la fatigue que je ressentais m'obligeait à dormir la quasi-totalité du temps. Et je dois

Accepter

avouer aussi que j'éprouvais plus ou moins consciemment une certaine culpabilité. Tout avait changé pour ma famille, nous étions passés d'un bonheur sans nuages à l'enfer pour des parents : savoir son enfant atteint d'une maladie potentiellement mortelle.

Incontestablement, ce fut dur pour tout le monde.

Parfois, une image vaut plus que mille mots, alors je vous montre en toute humilité l'image d'un Mathieu relevant un premier défi : la chimiothérapie à dix-sept ans.

Rêve de je(ux)

Je me forge une nouvelle identité

À cette époque de ma vie, certains liens d'amitié se sont dénoués, et d'autres se sont au contraire renforcés.

En clair, je n'avais plus beaucoup de liens avec mes amis d'école. Je ne parvenais pas à partager ce que je vivais avec eux. Comment auraient-ils pu comprendre ce que je traversais à cet âge-là ?

En revanche, ceux qui avaient assisté aux premiers symptômes de ma maladie, mes camarades de colonie de vacances à New York, j'eus plaisir à les rencontrer à nouveau et à nouer avec eux de vraies relations. Même si, parfois, je devais supporter les maladresses presque enfantines de certains. Je me souviens notamment de cette copine paniquée à l'idée d'une simple prise de sang... mais qu'importe !

Les discussions les plus riches et les plus solides eurent lieu avec les amis de mes parents. Il est évident que des adultes, plus souvent confrontés à la maladie que des jeunes de mon âge, et plus matures, étaient davantage capables de comprendre ce qu'était un cancer, d'évoquer la chimiothérapie, les douleurs, la fatigue et tous les autres effets secondaires induits par le traitement.

Cela m'aidait tellement de discuter avec eux que je demandais souvent à mes parents de les inviter.

Accepter

Ce cancer m'avait fait entrer bien vite dans le monde des adultes.

Entre deux chimiothérapies et quand je n'étais pas trop affaibli, je n'avais qu'une idée en tête, c'était de faire du basket avec mon frère au club de Chambourcy où je vivais. Ces moments de sport m'apportaient beaucoup sur le plan moral, alors même que mon corps se révélait épuisé après certaines séances.

Refaire du sport, me défouler, me dépasser, penser à autre chose, voilà ce qui me permettait de continuer à lutter contre la maladie. J'en retirais une force mentale de vainqueur, une nécessité face à ce challenge qui s'éternisait.

Je ne jouais pas à un haut niveau certes, mais il est certain que le basketball, au même titre que les chimiothérapies, m'a aidé à vaincre ce cancer. C'est grâce au sport que mon cerveau a lutté contre cette maladie.

Au fur et à mesure des séances de chimiothérapie, je suis revenu auprès des jeunes de mon âge, mais une rencontre va marquer cette période : Sébastien. Lui aussi avait vécu de loin cette maladie, il avait sept ans de plus que moi, mais on s'est tout de suite compris et une amitié profonde est née. Grâce à lui, j'ai pu avancer. Mon esprit et mon corps s'étaient réconciliés grâce au sport pour se diriger sans cesse vers le dépassement de soi.

Rêve de je(ux)

C'est pour cela que je me dis que, vraiment, bouger, se dépasser, pratiquer du sport avec plaisir et entrain est ultra nécessaire pour la guérison de soi. Je dirais même que c'est un moyen fort d'accepter sa nouvelle identité.

Aujourd'hui, lors de mes interventions en conférences ou en initiations, je côtoie beaucoup de personnes. J'aime transmettre mon expérience. Cela m'enrichit et m'aide à grandir encore. Le fait également que je m'entraîne au quotidien au Creps d'Île-de-France avec le pôle Espoir de badminton (ce sport qui m'a fait renaître) et tous ces jeunes prometteurs est une source de motivation supplémentaire pour moi.

Cela me rappelle en permanence l'importance de soutenir la prochaine génération de sportifs, d'être dans la transmission. Surtout avec la perspective proche, à l'heure où j'écris ces mots, des Jeux paralympiques de Paris.

Mais nous y reviendrons.

« Après le choc et le chaos, naît une nouvelle identité, forgée par la résilience et la volonté de se réinventer. »

(AUTEUR INCONNU)

Accepter

Poursuivons l'histoire et revenons si vous le voulez bien à la fin de mes séances de chimiothérapie, de mes dix-huit ans et de l'arrivée du printemps. Comme je vivais les choses de façon intense en mon for intérieur, je n'imaginais pas à quel point cela avait été intense également pour ma famille, comme en témoigne Romain, mon frère :

« Lorsque nous étions enfants, je me souviens que Mathieu se montrait assez protecteur avec moi. Nous nous entendions très bien pour jouer tous les deux au basket et au badminton. En revanche, il se comportait différemment en présence de ses camarades. Le petit garçon de trois ans que j'étais à l'époque devait rester à l'écart. Puis j'ai grandi et me suis constitué mon propre groupe d'amis. Comme beaucoup d'enfants, nous nous chamaillions. Ma grand-mère disait que nous étions infernaux.

Puis Mathieu est tombé malade, j'avais alors quatorze ans. J'étais en classe de 4e et un professeur remarquable m'avait demandé ce qui se passait pour que je sois aussi dissipé, c'est-à-dire bien plus que d'habitude, car j'aimais plaisanter. Je lui avais avoué en pleurant que mon frère était souffrant. À partir de ce moment-là, j'ai tenté de faire profil bas, en cours, comme à la maison.

Nous sommes devenus bien plus proches, Mathieu et moi. Nous avons cessé de nous battre, comme cela arrivait fréquemment. J'ai même des souvenirs de poignets cassés. Je ne sais pas si cela a assaini la relation, mais l'animosité entre nous s'était effacée. Il m'avait demandé de lui raser la tête avant la chimiothérapie pour éviter la transition des cheveux longs à un crâne chauve et j'avais trouvé ça audacieux de sa part. Du fait qu'il m'ait confié cette tâche, j'ai pris conscience de mon rôle, au-delà de ma place de petit frère. Je voulais l'aider, comme un partenaire.

Mes parents m'ont dévoilé les choses progressivement. Quand on m'a annoncé qu'il était atteint d'une tumeur, j'ai compris, mais je pensais qu'à dix-sept ans, ça ne pouvait pas être si grave. Puis l'on a parlé de cancer et de chimiothérapie. À ce moment-là, j'ai réalisé que la situation devenait inquiétante. »

L'opération

Alors que je venais de fêter ma majorité en famille, les médecins décidèrent de stopper les séances de chimiothérapie qui se révélaient malheureusement incapables d'agir sur la taille de la tumeur.

Le scanner démontra que la tumeur logée dans mon ventre ne réagissait plus au traitement, et que la seule possibilité envisageable restait dans un premier temps l'ablation de la tumeur. Ensuite, les éventuelles métastases encore présentes seraient traitées par chimiothérapie après l'opération.

Accepter

La discussion lors du rendez-vous préopératoire avec le professeur est assez confuse. Ce dernier ne peut m'expliquer précisément les actes chirurgicaux qui auront lieu, car lui-même doit attendre d'ouvrir mon corps pour savoir ce qu'il va devoir et pouvoir faire... ou pas.

Il m'informe toutefois que son objectif sera, si possible, de conserver le nerf intact, afin d'éviter la paralysie de la cuisse.

Pour que vous visualisiez mieux, le quadriceps et le muscle sartorius sont innervés par le nerf crural. Parmi les branches sensitives, la plus importante est le nerf saphène. Il descend sur la partie interne de la cuisse puis sur la partie antéro-interne du genou, de la jambe et de la cheville pour se terminer sur le bord interne du pied. D'où l'importance de ce nerf.

Bien que la tumeur soit de la taille d'un pamplemousse, et que la maladie dont je suis atteint puisse m'être fatale, je garde mon mental de sportif, optimiste, prêt pour affronter ce prochain challenge.

— Bon, eh bien, vous allez retirer ce « pamplemousse », et puis voilà !

Tout ce que me dit le médecin glisse sur moi. Une sorte de mécanisme de défense, certainement. J'entends ce qu'il me dit, mais cela s'échappe de mon esprit. Il avait quand même évoqué les séquelles potentielles, mais je n'avais pas vraiment pris cela en compte à ce moment-là.

Rêve de je(ux)

L'opération a lieu le 9 avril 2002 à l'hôpital Cochin. Pendant l'intervention, les chirurgiens découvrent que, comme ils le pensaient, la tumeur ne fait pas que comprimer le nerf : elle s'est littéralement construite autour. Cela explique aussi pourquoi j'avais autant de douleurs dans toute ma jambe depuis si longtemps... Ils n'ont alors pas d'alternative et doivent sectionner une grande partie du nerf pour extraire la tumeur et également enlever une partie de mon psoas droit où la tumeur était posée, pour écarter toute sorte de métastase. Les conséquences sont directes : j'aurai une paralysie irrémédiable de mon quadriceps déjà atrophié.

Je me retrouve en salle de réveil avec les yeux embués de ma mère au-dessus de mon visage. Je suis entubé, je ne peux pas parler. Ma mère me tient la main chaleureusement. Je devine à son regard et son attitude que les nouvelles ne vont pas être bonnes.

Ses mots résonnent encore à mes oreilles : « J'ai pu obtenir de l'hôpital de rester dormir avec Mathieu la nuit précédant l'opération. Je le revois partir sur le brancard, le matin. Puis ce fut une attente de six heures avec ma sœur Brigitte avant d'entendre de la bouche du professeur Tomeno : "La tumeur a pu être totalement enlevée, mais nous avons dû sacrifier le nerf crural." Je savais ce que cela voulait dire : notre fils vivrait, mais il aurait un handicap.

Je voulais absolument que Mathieu entende cela de ma propre bouche. Je ne voulais pas laisser un inconnu lui apprendre la terrible nouvelle. J'ai donc demandé à le voir en salle de réveil. Il était intubé de partout, très pâle, et a ouvert les yeux. Je lui ai alors dit le plus doucement possible, la gorge nouée, que l'opération s'était très bien passée, mais que les chirurgiens avaient dû couper son nerf. Deux larmes ont alors coulé lentement le long de ses joues. Il connaissait les conséquences. Je n'oublierai jamais de ma vie son regard, ce fut un moment terriblement douloureux. »

L'annonce de la perte de mobilité de ma jambe

Au réveil de mon opération, ma maman m'annonce comme elle le peut que les médecins n'ont pas pu sauver mon nerf. Ils ont dû le sectionner.

Des larmes sillonnent mes joues. Je comprends immédiatement la conséquence de l'absence de ce nerf sur la mobilité de ma jambe et que je ne pourrai plus faire de basket. Jamais plus.

Sur le moment, le choc est rude. Je ne peux, et je ne veux accepter ce sort. Je perds peut-être la mobilité de ma jambe, mais, au fond, pas mon esprit combatif. Mais cela a été plus dur à vivre pour mon frère :

Rêve de je(ux)

« Nous jouions souvent au basket ensemble, même lorsqu'il était en chimiothérapie. Aussi, quand j'ai appris que Mathieu ne pourrait plus marcher comme avant, j'ai été dévasté. Je ne comprenais pas. On m'avait simplement informé qu'il avait une tumeur. C'était difficile, car cela supposait de suivre un traitement oncologique. Mais je n'avais pas pleinement réalisé qu'il perdrait l'usage de sa jambe. Après sa maladie, je me souviens de nos parties de basket dans le jardin. Nous avions repris un peu, mais sa rééducation se déroulait plutôt de façon solitaire. »

Pour le coup, je ne pouvais accepter de ne plus être moi. De ne plus être cette personne en amour avec le fait de bouger, de se dépenser, de marquer des points, de faire du sport, mais surtout de ne plus faire du basket comme avant avec mon frère. Ou en tout cas dans mon esprit. Et l'on voulait que je me résigne à devenir une autre personne ? C'était mal me connaître.

Je sais aujourd'hui, avec le recul, qu'il y a plusieurs phases pour surmonter un chagrin, ou faire le deuil d'un choc, d'un traumatisme soudain. Et en l'occurrence, j'étais là-dedans, à ce moment de mon histoire. Je devais faire le deuil de ma jambe telle que je l'avais connue, et aller de l'avant avec ce qui deviendrait ma singularité.

Accepter

> « C'est par la fissure
> que traverse la lumière. »
>
> (Auteur inconnu)

Postopératoire

Ma vie venait de basculer, je le savais désormais.

Lors de l'échange postopératoire, le professeur se réjouit de m'avoir sauvé la vie, mais m'annonce à son tour, l'air grave, que je ne marcherai plus comme avant et que je dois renoncer au sport.

— Tu marcheras en boitant et tu pourras courir sur quelques mètres pour attraper le bus, mais bon, pas plus…, m'a-t-il dit sans complexe, apparemment pour me faire rigoler.

Entendre cela quand on est si jeune, si sportif, si dynamique, est juste insupportable, inacceptable et même violent, psychiquement.

Alors, oui, j'étais en vie et j'en remercie la médecine. Oui, ils ne pouvaient agir autrement que de décider de l'ablation de cette tumeur en sectionnant ce fameux nerf, mais de se savoir handicapé à dix-huit ans suite à une opération d'un cancer n'est pas encore tolérable pour mon esprit.

Je ne m'attendais pas à cette conséquence. Et puis, comment puis-je alors me réjouir de pouvoir malgré tout ne pas rater mon bus en me déplaçant... avec cette patte folle ?

Parfois, les médecins manquent maladroitement de tact et balancent des phrases, comme ça, qui peuvent abîmer.

Mais c'est ainsi, et je peux comprendre aujourd'hui que leur profession si particulière, où ils sont si souvent confrontés à la mort de leurs patients, parfois aussi jeunes que moi, leur impose d'envisager les choses autrement.

« Tu es en vie et tu dois déjà te contenter de ça. D'autres n'ont pas eu cette chance... Tu seras diminué physiquement, mais cela est un détail » pourrait résumer sa pensée. En tout cas, c'est ce que je comprends à cette époque, lors de mon entretien postopératoire.

Mais moi, je suis alors un jeune en colère.

Contre ce chirurgien qui n'a pas réussi à sauver ma jambe en sectionnant le nerf.

Je suis aussi en colère contre la vie : pourquoi est-ce arrivé à moi ? Pourquoi un cancer à seulement dix-sept ans et une invalidité à dix-huit ? Qu'avais-je donc fait pour mériter cela ?

Je m'attache, comme tout jeune homme qui se construit, au regard des autres.

Je crois aussi, évidemment à tort avec le recul, que ma virilité masculine est mise à mal.

Accepter

Il y a toutefois une bonne nouvelle avec les résultats de la dernière biopsie : aucune cellule cancéreuse n'a été trouvée, les métastases ne se sont pas développées !

Maintenant que je suis en rémission, mais handicapé, il faut que je me lance dans un projet, et ce, pour mon bien-être mental et physique. J'ai besoin d'avancer, j'ai vu que la vie pouvait s'arrêter si vite, alors je n'ai plus de temps, il faut avancer.

La première chose pour moi est de passer mon permis de conduire. J'ai besoin de retrouver mon autonomie et ma liberté que j'avais perdues avec tous ces soins médicaux. Cela m'évitera également les difficultés que l'on connaît quand on utilise les transports en commun : l'instabilité, le fait de rester debout, se frayer un chemin pour sortir... et j'ai besoin d'une solution rapide et instantanée.

Bref, il faut vraiment que ça avance.

Je me rends donc au cours d'apprentissage du code la route. Mes cours de conduite se déroulent dans une voiture adaptée à mon handicap, c'est-à-dire avec une boîte automatique, mais aussi avec un aménagement du système d'accélération. Je vais apprendre à ne conduire qu'avec la jambe gauche pour accélérer et freiner.

Malheureusement, les premières leçons sont vite stoppées et je dois déjà m'arrêter sur le bord de la route. J'apprends un mois après l'opération que j'ai attrapé un staphylocoque doré à l'hôpital et que ma cicatrice sur ma hanche est de ce fait infectée.

Retour au centre hospitalier…

À cette époque de l'année, en juillet, nous nous réjouissons, ma famille et moi, de partir en vacances. Enfin un peu de joie et de bien-être ! Nous en avons tant besoin après ces longs mois éprouvants pour tous. Mais encore une fois, cela ne se passe pas comme prévu.

Moi qui m'étais jeté à corps perdu dans les cours de conduite, qui me projetais dans un séjour qui me boosterait un peu, voilà que l'on m'annonce que le staphylocoque est toujours présent et que je dois à nouveau être hospitalisé !

Par ailleurs, je dois retourner au bloc opératoire pour soigner cet os de la hanche rongé par la maladie. Je ne le saurai pas à ce moment, mais les médecins informent mes parents qu'il y aura peut-être une amputation de la jambe si l'infection ne se résorbe pas.

C'est à ce moment que je m'effondre psychiquement.

Tout mon être atteint ses limites.

Je ne supporte plus ces chambres monochromes, silencieuses, ces repas servis dans de la vaisselle peu appétissante, ces blouses bleues ou blanches qui tournent autour de moi pour me donner leurs traitements.

Accepter

Je n'arrive plus à accepter ces événements qui se succèdent à un rythme infernal, ne me laissant aucun répit.

Je suis alors désagréable avec le personnel qui n'y est certes pour rien, mais qui représente pour moi toute ma souffrance.

Je fais un rejet total du monde médical.

Heureusement, ma mère me ramène des repas concoctés à la brasserie d'en face. Sans cela, je ne me serais pas nourri.

Après trois semaines, les antibiotiques fonctionnent bien et je peux enfin quitter l'hôpital. Nous pouvons enfin partir en vacances.

J'ai été opéré et, ouf, j'ai gardé ma jambe.

Même si celle-ci ne sera jamais celle du jeune sportif d'avant, elle est là.

Voilà. Opération après opération, car oui, j'ai dû subir une troisième opération en août, je dois désormais faire le deuil de ce Mathieu valide que j'ai connu durant 99 % de mon existence pour construire un autre Mathieu, souffrant désormais d'un handicap et qui, malgré tout, doit apprendre à être plus fort que jamais. Pour moi, mais encore une fois, pour les autres. À commencer par ma famille qui m'a tant aidé dans ces moments, comme en témoigne Sophie, ma mère :

« Après tout cela, nous sommes partis en vacances tous les quatre, dans une maison prêtée par une cousine, accompagnés de mon frère, une de mes sœurs et deux cousines de Mathieu. En raison de son traitement antibiotique contre les maladies nosocomiales, Mathieu avait interdiction de se mettre au soleil, mais il ne disait rien. Il restait à l'ombre, nous regardait et nous incitait même à nous baigner, car nous disposions d'une piscine. Il avait repris le vélo pour la première fois, ce qui était extrêmement difficile pour lui, et se joignait à nous pour des promenades à pied, armé de ses béquilles, affirmant que ça irait. Il se montrait très volontaire. Mathieu nous a donné de véritables leçons de courage, une des qualités qui existait déjà chez mes parents, et que je retrouve en lui, au même titre que la persévérance, la détermination, la tendresse cachée et le self-control. »

Ma vie d'après

La rentrée scolaire de septembre 2002 signe pour moi un changement d'état d'esprit. Je me retrouve déterminé. Je me rends compte que je suis en vie et que cela aurait bien pu ne pas être le cas.

J'ai frôlé la mort, j'ai vaincu un cancer, ma jambe est certes devenue invalide, mais n'a pas été amputée et ce vécu a fait de moi un homme. J'ai grandi, c'en est fini du jeune Mathieu.

Accepter

Ces épreuves m'ont rendu adulte bien vite, moi qui n'avais même pas encore profité de l'insouciance de l'adolescence. Je n'ai pas sauté une classe, mais une période importante de ma vie. J'ai le sentiment d'avoir vingt-huit ans, au lieu de dix-huit, tant les épreuves que j'ai subies m'ont forgé un fort caractère.

Je me retrouve en cours avec des élèves âgés d'un an de moins que moi au comportement trop puéril pour le jeune homme que je suis devenu. Je ne peux pas tisser des relations avec ces personnes qui sont normalement insouciantes et aux conversations si éloignées de mes centres d'intérêt.

Par exemple, je me souviens d'un cours de philo, où la plupart des élèves décident de faire grève. Ma maturité me pousse à ne pas suivre la troupe qui veut profiter de cette récréation.

— Moi, je reste en cours, j'adore la philo.

— Non mais attends, tu nous fais quoi, là ? Viens avec nous, il fait beau, on va profiter et puis, on a le droit de faire grève !

— Oui, je sais bien, mais allez-y, vous. Moi, ça ne me dérange pas de faire un *one-to-one* avec la prof.

Je restais patient, je savais ce que je voulais et je partageais juste avec eux mon point de vue sur la situation en toute bienveillance.

Et du coup, médusés par ma capacité à ne pas être un suiveur comme on peut l'être à cet âge où l'effet de groupe a un impact fort sur les agissements, ce jour-là, ils décidèrent finalement de rester en cours.

Cette petite anecdote démontre bien que je n'avais pas le même âge mental qu'eux.

Aujourd'hui, j'en suis fier. Je le raconte avec amusement. Mais à l'époque, c'était difficile ! Surtout pour me faire des amis, même si mes camarades de classe étaient sympathiques.

Mon vécu avait déjà creusé un ravin infranchissable entre les grands adolescents qu'ils étaient et moi.

À ce moment, comme j'ai des facilités, j'ai de bonnes notes sans trop de travail, notamment dans les sciences où, manifestement, j'excelle. Je passe un baccalauréat dans une filière électrotechnique et l'obtiens avec la mention bien.

Grâce à cela, j'entre ensuite, ravi, dans le très bon Institut universitaire et technique de Ville-d'Avray pour étudier dans le domaine du génie électrique et informatique.

J'y passe deux ans pendant lesquels je rencontre des personnes brillantes, emplies de projets ambitieux, et cela me convient parfaitement.

À ce moment de ma vie, je me lie facilement avec mon binôme Jean-Charles qui me complète bien. Nous faisons équipe pour nous apporter l'un l'autre nos compétences et qualités. Il deviendra un très grand ami.

Accepter

Enfin, je me retrouve dans cet environnement avec des personnes qui me ressemblent : travailleuses, déterminées et jamais inactives.

D'ailleurs, avec mon ami Jean-Charles, nous nous lançons, à côté de nos études, dans le projet de robotique télévisé et initié par l'émission *E=M6*. Ce fut intense et nous avons passé de longues nuits et week-ends à l'IUT à confectionner et coder nos robots. Tout ce travail et cette détermination nous ont permis de vivre des moments forts avec tous ces pics d'émotions. J'ai compris à cet instant que j'avais besoin de ça pour me sentir vivant. Alors quand nous finissons champions de France et troisièmes d'Europe, je ne vous cache pas les émotions de dingue que nous avons vécues et ce n'est pas Jean-Charles qui va dire le contraire :

« Je me souviens que lorsque l'on s'est rencontrés, on a très vite accroché. C'était un grand gringalet à l'apparence timide, mais au final, pas tant que ça. Il avait déjà ce côté entrepreneurial marqué, avec ce goût du risque et du challenge ; je crois que c'est ça qui a fait que nous nous sommes liés d'amitié.

À un moment, j'ai su pour son handicap. J'avais en effet remarqué une particularité quand il conduisait. Et quand je lui ai posé la question, il m'a expliqué et m'a demandé de ne pas nécessairement considérer sa jambe comme un handicap, mais de le considérer, lui, comme étant un être à part entière, tout simplement.

Rêve de je(ux)

Et pour moi, c'était "normal", il est Mathieu, pas un handicap, ça ne le définit pas. Et d'en parler avec lui m'a fait réaliser et comprendre que le regard des autres devait être difficile à gérer, en plus de la situation en elle-même. Cette sincérité dans nos échanges a, je pense, renforcé notre amitié.

Alors ensemble, on décide de participer à ce "projet robot" et ce qui me vient en tête quand j'y pense, c'est : *Qu'est-ce qu'on s'est amusés !* Ce qui m'a plu, c'était son côté "challenge", et clairement, là, on se trouvait comme dans une compétition sportive. On a fourni beaucoup d'efforts, on travaillait sur le projet jusqu'à 4 heures du matin, on était passionnés. On faisait une pause juste pour manger les restes que ma mère préparait, le porc au caramel ! C'est un détail, mais aujourd'hui encore, on aime ça, et moi, ça me rappelle aussi ce moment. Tout cet investissement grâce à ce projet a forgé mon esprit de résilience, en poussant mes propres limites, pour voir jusqu'où j'étais capable d'aller mentalement. Et Mathieu m'a beaucoup inspiré en ce sens, de par son histoire et les apprentissages qu'il en a tirés. De ce fait, ç'a été un projet qui a beaucoup compté pour moi, comme un événement unique dans ma vie, je pense, pour tout ce que ça m'a apporté personnellement et professionnellement. Le temps a passé, on a fait nos chemins professionnels en gardant notre lien, et un jour, il m'annonce qu'il souhaite devenir sportif de haut

Accepter

niveau. J'avoue que je ne suis pas totalement surpris lors de cette annonce parce que je savais que le basket lui manquait beaucoup, et que ce côté hyperactif ne collait pas franchement avec rester tout le temps dans un bureau. Et depuis, je l'observe, je suis ses compétitions, je vois sa progression. J'avoue que j'aimerais être davantage présent pour l'encourager sur les terrains, mais la distance ne le permet pas, puisque j'habite à Singapour.

Mais le voir se réaliser, parcourir le monde et partager tout ça avec nous me fait me sentir chanceux de le connaître. D'autant qu'il garde la tête sur les épaules, il conserve son humilité, il reste le même, et c'est de ça qu'il doit prendre soin, car c'est le Mathieu que je connais depuis vingt ans.

C'est un homme rempli de rêves, et pour moi, le rêve symbolise le bien-être malgré tout ce qu'il faut entreprendre pour le réaliser. Alors quand je le vois déployer toute son énergie pour réaliser ce qui lui tient le plus à cœur, à savoir participer aux Jeux paralympiques de Paris 2024. »

Suite à ce concours de robotique, je cherche toujours plus les challenges et j'apprécie la réussite et le bien-être que cela m'apporte. Cela restaure mon estime de moi, me démontre que je suis capable de réussir, et c'est comme cela que je me lance dans une vie ponctuée de défis. J'avais besoin de prouver à moi-même comme aux autres que j'étais fort. Cela m'aidait à supporter ma nouvelle condition physique et à anesthésier mon récent passé, ponctué de cancer et d'opérations vitales. Des lignes de mon histoire que je voulais volontiers gommer. Ou disons, qu'il m'arrangeait de défier par des enchaînements de réussites.

Au début, à l'IUT, je me déplaçais avec des béquilles, mais comme j'avais obtenu mon permis de conduire extrêmement rapidement, je me rendais à mes cours en voiture, ce qui facilitait grandement les choses.

J'ai eu de la chance d'avoir des parents qui m'ont offert une voiture automatique neuve adaptée. Je les en remercie infiniment. J'ai bien conscience que cela n'est pas le cas pour toutes les personnes souffrant de handicap, visible ou non. Et d'ailleurs, je faisais profiter à mes copains de ma petite voiture et nous nous rendions à l'IUT ensemble, joyeusement.

Je ne parle pas de mon handicap avec eux, ce n'est pas un sujet autour duquel nous échangeons, par pudeur sans doute, bien qu'ils soient au courant.

Mais seuls les proches connaissent mon passé médical et ses conséquences. Finalement, peu de monde s'aperçoit que je souffre d'un handicap invisible. Et cela m'arrange bien, à vrai dire, à ce moment de ma vie. Je gomme ma différence comme si cela pouvait me rapprocher de cette jeunesse insouciante.

Accepter

Je passe ensuite l'été à travailler, mon tout premier job. Je cache mon handicap aux employeurs, et j'évolue dans une piscine municipale où je nettoie les cabines, encore une fois pour démontrer que je peux tout à fait être indépendant et gagner de l'argent.

Je n'étais pas encore capable de parler de mon handicap dans le monde professionnel. Je ne l'acceptais pas moi-même, alors comment les autres pouvaient accepter ma situation ? Je pense aussi que j'avais peur que l'on me traite différemment. Nous avons tous des croyances limitantes, et sûrement que j'avais aussi cette impression que si j'en parlais, je ne pourrais pas être embauché. J'étais clairement dans cette période à prouver que je pouvais faire comme tout le monde, il n'était pas question de partager cette différence.

Suite à cela, je pars en stage dans le cadre de mes études chez PSA Peugeot Citroën dans le service de l'innovation automobile. C'est cette découverte de l'entreprise qui m'a vraiment stimulé pour intégrer une école d'ingénieurs en alternance. J'ai vite compris que c'était une situation qui me correspondait totalement : étudier et travailler en même temps !

J'entre alors à l'Isep (Institut supérieur d'électronique de Paris) et je rencontre l'élite des étudiants. Je suis admiratif ! Et motivé par toute cette matière grise en effervescence. Je rencontre des gens formidables qui entreprennent. J'observe et j'apprends beaucoup auprès d'eux.

Je passe mes trois ans en alternance dans le même service d'innovation où j'ai fait mon stage d'IUT. J'apprends beaucoup et je m'investis à fond dans les projets que l'on me confie. Je me rappelle un des projets dont l'objectif était de faire une télécommande pour ouvrir les portes, allumer les feux de la voiture, bref tout ce que l'on pouvait imaginer à l'aide de son Smartphone. Ça ne me rajeunit pas, mais à l'époque, l'iPhone n'était pas encore sorti, je développais donc sur Windows mobile et la connexion se faisait avec le Bluetooth 1.0. Autant vous dire que j'étais aux prémices de cette technologie qui, aujourd'hui, est partout.

Grâce à ça, j'ai eu la chance de travailler par la suite sur les *concepts cars*. Vous savez, ces voitures futuristes que l'on montre au Salon de l'automobile. L'objectif de cet événement était de montrer les possibilités et l'ambition qu'ont les marques pour le futur. Je faisais binôme avec Sébastien, mon tuteur sur le véhicule Citroën, et un autre collègue, David, sur le véhicule Peugeot. Notre rôle était de concevoir et piloter toute la partie électrique et électronique du véhicule. Cette expérience était vraiment folle, car j'ai pu rencontrer tellement de monde, de prestataires. J'ai eu l'occasion de découvrir tellement de métiers. Avec beaucoup de recul, je n'aurais pas imaginé meilleur endroit pour entamer ma vie active, car j'avais tout de réuni. Ma créativité et ma curiosité étaient servies.

Mon diplôme d'ingénieur en poche, je décide de continuer mon chemin, d'entreprendre et d'enchaîner les nombreux projets innovants qui se présentent.

De son côté, mon ami Jean-Charles, lui, décide de poursuivre avec un master spécialisé à l'Essec et s'envole loin de moi, pour Singapour où il rencontrera son épouse, avec qui il fondera sa famille.

Le regard des autres

Ce qui est particulièrement intéressant, c'est aussi et surtout de comprendre pourquoi j'ai commencé à dissimuler mon handicap. En ce qui me concerne, le regard des autres, à dix-huit ans, c'était important. De plus, l'image que j'avais du handicap était négative.

En fait, le handicap n'avait jamais réellement impacté la réalité de ma vie. Juste cette classe élémentaire où l'on regroupait les enfants handicapés lourds et qui ne pouvaient pas suivre une scolarité normale. Ils étaient les boucs émissaires de toute l'école, sujets de moqueries. C'était une période où l'on était assez durs entre nous, et où le handicap physique ou mental était sujet de railleries.

Aussi, les images fondamentales que j'avais du handicap, et principalement celles que la société me renvoyait, et que j'avais en tête, étaient celles de personnes lourdement handicapées ou en fauteuil. Vous savez ? Comme le logo que l'on connaît tous sur les places de parking. Et du coup, ces personnes étaient perçues comme incapables et diminuées. C'était l'image que la société avait inscrite en moi, l'image que l'on nous montrait.

Les seules représentations du handicap que j'avais, finalement, étaient celles des personnes que l'on ridiculisait. Et vous savez, je m'étais inconsciemment juré de ne jamais ressembler à ces gens-là. Je ne voulais pas être perçu comme fragile, faible, incapable. C'est pourquoi j'ai tout fait pour réapprendre à marcher à peu près normalement, ou en tout cas sans béquilles ou avec une canne, pour ne pas montrer que le handicap pouvait définir qui je suis.

Même si, au début, il était évident que j'avais un problème à la jambe, surtout avec la béquille. Tout cela était visible dans ma démarche, et cela n'a pas disparu instantanément. Je pense que les gens le remarquaient, même mes amis, mais au fil du temps, cela s'est estompé progressivement. Cela devenait de moins en moins évident.

Au cours des premières années post-bac, cela se voyait. Soyons honnêtes. Mais pour moi, c'était important de ne pas montrer ce handicap. J'ai occulté beaucoup de choses. Par exemple, je ne me souviens même plus comment s'était passé l'épreuve du permis de conduire. Franchement, je n'ai aucune idée de ce que les autres pensaient de moi à ce sujet. Pour moi, l'essentiel était de mettre en avant mes autres compétences pour éviter de montrer le handicap.

Stratégiquement, je me suis donc orienté vers d'autres activités où je pouvais exceller, comme le concours de robotique pendant mes études supérieures. J'ai choisi de briller dans d'autres domaines pour détourner l'attention. C'était un peu comme un illusionniste, attirant l'attention sur des choses spécifiques pour camoufler d'autres aspects.

Ma technique était de me lancer dans de nombreux projets, d'avancer sur plusieurs fronts, de manière à ce que le handicap ne soit pas la partie centrale mise en avant. C'était un peu comme l'histoire du Magicien d'Oz, où l'on attire l'attention sur une chose pour dissimuler autre chose.

Un autre aspect intéressant était la virilité. À l'époque, à l'âge de dix-huit ans, je pensais que le handicap pouvait atteindre ma virilité, et cela ne correspondait pas à l'image traditionnelle d'un jeune homme viril qui ne montre pas ses faiblesses.

Cela explique pourquoi je voulais cacher mon handicap. Comme pour tous les jeunes en quête d'existence, la séduction était également un élément important pour moi. C'était logique, dans l'idée de camoufler, de ne pas en parler, de ne pas le montrer. Et avec le recul, je trouve cela assez intéressant, surtout avec ma perception actuelle du monde.

Il y avait toujours cette pression liée au regard des autres, à la perception négative ou positive, et à la question de la virilité. C'est là que le camouflage prenait tout son sens. Comme une manière de masquer la réalité. C'était un défi constant, et aujourd'hui, avec du recul, je m'interroge sur cette période de ma vie et la manière dont j'ai géré ces enjeux. Est-ce que j'attirais les bonnes personnes en créant ce que l'on appelle un *faux self* ? Étais-je vraiment moi-même dans ces moments-là avec les autres ? En tout cas, je vivais avec un secret qui, au fil des années, devenait un peu plus lourd chaque jour.

Vers la trentaine, cela fait déjà treize ans que je cache mon handicap. Et je le fais bien ! Je fonce dans de multiples projets, et cette période est marquée par une vie sentimentale mouvementée. Malgré tout, j'avance dans ces projets avec le soutien constant de ma famille. Un équilibre qui m'a permis de m'épanouir.

À ce moment de ma vie, je m'interroge véritablement sur là où je veux aller et ce que je veux faire.

Cette phase est une transition. Sans le savoir, j'étais déjà sur le chemin de l'acceptation. C'est le début d'une vie où je fais des choix pour m'aligner avec moi-même, marquant un arrêt à certaines directions qui ne me rendaient plus heureux.

> « L'avis des autres,
> c'est la vie des autres. »
> (Auteur inconnu)

Une vie sentimentale mouvementée

Comment aimer quelqu'un avec profondeur lorsque l'on ne s'apprécie soi-même qu'en surface ?

Je vais désormais raconter ce pan de ma vie sans honte, parce que c'est un bout de mon chemin.

En effet, je me suis installé en couple très jeune, pendant ma vie étudiante. À vingt-deux ans, du fait que je percevais déjà un salaire, je me suis installé avec Amandine, que j'avais rencontrée lors des vacances aux États-Unis. J'ai compris ça bien plus tard, mais c'était la personne qui m'a connu avant de découvrir mon cancer. Par conséquent, elle avait le regard de mon moi d'avant que j'aimais. Elle me raccrochait à une partie du passé qui ne me permettait pas d'accepter ce nouveau corps.

Nous nous marierons à mes vingt-six ans, mais pas pour les bonnes raisons. Nos chemins de vie étaient bien trop éloignés et il est parfois difficile de comprendre qui nous sommes et qui nous voulons être quand on se construit en couple aussi jeune. Ce mariage ne fut pas aussi heureux que je l'aurais voulu. Je me suis retrouvé isolé pendant cette période avec comme seul exutoire à ma vie de couple insatisfaisante mon ami Benoît et la pratique du badminton que je découvre à vingt-huit ans.

Grâce à Benoît, un ami rencontré à l'IUT, je me remets au sport. Entre nos longueurs en piscine et nos kilomètres à vélo, nous refaisons la vie, nous nous challengeons. Sa présence aura été d'un grand soutien moral pour moi. Je prends conscience du chemin que je veux vivre et qu'il n'est pas aligné avec ma vie actuelle. Il m'a confié cela :

« Avant de rencontrer Mathieu, je n'avais pas particulièrement de sensibilisation au handicap. D'autant plus que le sien ne se voyait pas, si ce n'est une démarche quelque peu chaloupée. Et c'est au détour d'une conversation que le sujet est arrivé sur la table, comme un sujet lambda, où il m'a raconté son histoire, puis nous sommes passés à autre chose. Je ne ressentais pas que le sujet était tabou, il n'en faisait pas tout un cas non plus. Il continuait d'avancer, ce qui pour moi était une image de la réussite. Il m'a montré que le handicap n'était pas forcément un frein, voire que grâce à lui, il pouvait réaliser de grandes choses. Alors quand il m'a dit qu'il faisait du badminton, je me suis dit que c'était un sport "loisir" de plus. Puis quand, rapidement, il se met à être champion de France et à se positionner dans les meilleurs mondiaux, O.K., le rêve des Jeux paralympiques était pour moi une suite logique quand il m'en a parlé ! Il a mis son handicap à son avantage, et cette forme de résilience est un exemple pour moi. »

Pour revenir sur mon alignement de vie, malheureusement, avec Amandine, nous divorçons trois années seulement après la cérémonie. C'est pour moi une première grosse déception sentimentale. Je le vis vraiment comme un échec, car nous nous sommes promis jusqu'à la mort, mais nous n'étions pas heureux, alors il fallait se quitter pour retrouver chacun son chemin du bonheur.

Je fais tout pour passer à autre chose, pour voir le côté positif dans chaque épreuve de ma reconstruction. Et je pense que je me remets vite ! Il le faut. Je suis câblé ainsi. Je me découvre enfin et je revis. Je sors, je m'ouvre au monde. Et seulement trois semaines après ma séparation, je rencontre Émilie.

Je ne prévoyais pas de me remettre en couple si rapidement, mais en fait, les hasards des rencontres et des coups de foudre ne se calculent pas. C'était une évidence, j'ai su tout de suite qu'elle serait la mère de mes enfants.

Rêve de je(ux)

De son côté, Émilie comprend vite la sincérité de mes sentiments envers elle, tout comme ma volonté de construire une relation forte et sur la durée, avec comme doux rêve d'avoir des enfants très rapidement.

Quelque temps plus tard, me sentant en confiance avec Émilie, je lui avoue mon handicap.

Elle m'offrira des mots aussi étonnants que beaux :

— Je la trouve très belle, ta jambe.

Sa poésie dans la description de ma jambe que pourtant je cachais, avec mes vêtements, par l'absence de béquilles, avec une démarche presque normale, et le fait qu'elle m'aime comme je suis, me permettent de franchir plus facilement une étape importante dans l'acceptation de mon handicap. Émilie témoigne :

« Le handicap de Mathieu était déjà présent quand je l'ai rencontré. Je ne l'ai pas remarqué tout de suite, car il le cachait très bien. Puis un jour, je me suis rendu compte qu'il avait une jambe plus fine que l'autre, il me l'a expliqué et le sujet était clos. J'étais la première personne qu'il côtoyait en étant dans cette situation, et j'ai compris que ce n'était pas évident d'assumer. Je l'ai accepté tel qu'il était, je l'ai choisi pour bien d'autres choses que le handicap. »

À l'époque, et pendant longtemps, je considère celui-ci comme invisible, puisque, de par ma volonté,

Accepter

les gens ne le perçoivent pas. Mais pourtant il est là. Réel. Présent au quotidien. Comme une réalité que je cache. Sauf à elle, ma confidente.

Émilie me redonne confiance. La baisse d'estime de moi dont je souffre à l'époque, mon manque d'épanouissement personnel, mon précédent échec sentimental et mes difficultés sur mon lieu de travail disparaissent avec cette rencontre.

Je dois bien lui reconnaître cette avancée dans ma vie ; elle m'a permis de cheminer vers la conscience de ce que je suis réellement, c'est-à-dire un trentenaire redevenu sportif.

Mais surtout, un trentenaire sportif qui a besoin de challenges.

Oui, elle a raison. J'ai alors besoin de défis à relever et mon handicap invisible est un moteur qui peut m'aider à me dépasser.

C'est avec ce nouvel élan positif, insufflé en couple, en grande partie grâce au regard bienveillant de cette femme, que je ferme la porte d'un passé difficile. Je commence à entrevoir des possibilités. J'ouvre mon champ de vision et je fais des projets plus ancrés avec mes valeurs profondes.

Je le crois sincèrement : un homme n'est jamais plus heureux que lorsque des projets l'animent et qu'ils sont alignés avec ses valeurs !

Rêve de je(ux)

« Entourez-vous de ceux qui vous élèvent, vous inspirent et vous font grandir. Ces personnes sont le trésor de votre vie. »

(Auteur inconnu)

La place du sport dans ma vie

S'il y a une chose que je comprends aujourd'hui, c'est que le sport a toujours occupé une place centrale dans ma vie, une place que je n'aurais jamais pensé remettre en question.

Mon parcours sportif a débuté avec le basket, une discipline qui a su capturer mon cœur parmi toutes les activités que j'avais explorées. C'était d'ailleurs bien plus qu'un simple loisir, c'était une véritable partie intégrante de mon existence.

Même lorsque ma vie a été bouleversée par le cancer, puis par le handicap, le sport est resté au cœur de mes préoccupations. J'ai alors été confronté à un défi majeur : il me fallait admettre que je ne pouvais plus bouger comme avant. L'abandon forcé du basket a alors été une épreuve difficile, car je ne pouvais plus évoluer de la même manière.

Malgré tout, la passion persistait, à tel point que j'ai décidé sur le moment de rester impliqué en arbitrant

Accepter

l'équipe de mon frère et aussi de coacher l'équipe senior féminine dans notre club. C'était une façon de rester connecté au monde du basket, même si je n'étais plus sur le terrain en tant que joueur. Mais, au fond de moi, une frustration grandissante prenait place. Je me sentais en quelque sorte relégué à un rôle passif, loin de l'action que j'aimais tant. J'avais besoin de jouer, de retrouver cette place d'acteur sur le terrain.

La réalité m'a frappé quand j'ai compris que ma véritable joie résidait dans le fait d'être acteur dans un gymnase. C'est là que je me sens véritablement bien, une sorte de havre de paix, ma *safe place*. L'atmosphère sportive exerce sur moi une attraction magnétique. Cependant, ce bien-être n'est présent que lorsque je suis actif en tant que joueur. Arbitrer ou entraîner, bien que ce soient des rôles essentiels dans le monde du sport, ne parvenaient alors pas à remplacer le sentiment d'être sur le terrain en tant que sportif. Mon besoin de transmettre était indéniable, mais je ne me sentais pas aussi épanoui que lorsque je jouais.

À l'époque, ma compréhension de cette frustration était limitée. J'étais jeune. Je cachais les choses. Et par voie de conséquence, je ne parvenais pas à mettre des mots sur cette douleur psychologique liée à l'impossibilité de jouer au basket comme avant mon handicap. C'est comme si j'avais perdu une partie de moi-même, une « maison » où je me sentais en harmonie totale.

La prise de conscience de ce mal-être a été cruciale, et j'ai décidé de mettre fin à ma participation active dans le basket pour me concentrer sur mes études, notamment le baccalauréat. C'était une manière de détourner mon attention de cette source de frustration.

Avec le recul, je comprends mieux cette période difficile. Identifier la nature de ma souffrance psychologique m'a permis de prendre de la distance et de me libérer de son emprise. Par conséquent, cette expérience a renforcé mon engagement envers mes études supérieures une fois le baccalauréat obtenu.

J'aimerais partager avec vous, pour que vous compreniez bien, ce besoin fondamental d'être acteur dans un sport que j'aime. Cette réalisation a profondément influencé mon épanouissement actuel dans le domaine paralympique. Mieux vaut tard que jamais, comme on dit, et c'est seulement maintenant que je réalise l'importance de ce besoin inné d'être actif dans le sport que j'aime. C'est une leçon précieuse qui guide désormais ma quête de bonheur et de réalisation personnelle.

Ce besoin inné, je ne le comprends que maintenant, mais c'est quelque chose qui est foncièrement ancré en moi depuis longtemps, comme en témoigne ma mère, Sophie :

Accepter

« Mathieu a toujours beaucoup apprécié le sport. Depuis l'enfance. Avant même sa naissance, nous l'appelions notre "petit acrobate", car la grossesse avait été un peu compliquée et le bébé avait dû s'accrocher les premiers mois.

Petit, il faisait du vélo et pratiquait la natation. Puis, il a joué au football et a commencé à s'initier au golf, à l'école. Il affectionnait cette activité qu'il a d'ailleurs poursuivie plus tard. L'hiver, il allait skier, toujours avec l'école. Les congés d'été en famille dans les centres Pierre & Vacances lui ont permis de découvrir d'autres sports comme l'escrime, l'équitation plus ou moins acrobatique, la plongée en apnée avec son père. Il aimait aussi grimper, escalader. Ensuite, il a surtout joué au basket, en club. Pendant son traitement de chimiothérapie, même s'il sortait peu, il persévérait dans ce sport et participait encore à des matchs.

À mon avis, il était doué en tout, et je pense que sa maladie a renforcé ses compétences. Il a osé entreprendre une multitude de choses alors qu'il était auparavant plutôt réservé. D'un caractère déterminé, il est devenu un battant, animé par le besoin de prouver qu'il pouvait y arriver. »

Peu importe comment je devais répondre à ce besoin de faire du sport, tant que j'en faisais et que je restais en mouvement, c'était le principal.

Rêve de je(ux)

On parle de sport, mais je peux aussi vous parler d'activité physique adaptée. Durant mon parcours de rééducation pour réapprendre à marcher, ça a été intense, avec des séances exigeantes et sur la durée. J'ai également dû faire face à d'énormes douleurs après l'opération, et même consulter un centre antidouleur.

Le fait de couper le nerf a généré des douleurs neurologiques importantes, un aspect que je n'avais pas du tout envisagé. Mais oui, la douleur était présente au niveau du genou et de la cuisse. Elle était particulière, comme des fourmis se baladant dans ma chair. Je le sais maintenant : ce type de douleur neurologique était lié au fait que le cerveau envoyait des signaux de douleur à des parties du corps qui ne répondaient plus. Ces douleurs se sont atténuées aujourd'hui, mais refont surface de temps en temps comme une piqûre de rappel.

Mon parcours sportif a contribué à apaiser ces douleurs, à créer des endorphines, tout en révélant l'importance du sport dans la gestion de la douleur. On aurait aussi pu aborder la place essentielle du sport dans la production d'endorphines. C'est une partie intéressante que je n'avais pas du tout évoquée, mais pour revenir au regard des autres et à l'image que je projetais, c'était un défi que de fréquenter les centres de rééducation qui me rappelaient trop les hôpitaux.

Accepter

Mon blocage sur les hôpitaux remontait à ma période d'hospitalisation en journée. Cependant, j'ai réussi à surmonter cela avec le temps et à suivre un mois de rééducation intensive, un défi nécessaire. Pendant cette période, j'ai développé des stratégies pour gérer la douleur et mieux comprendre mon corps. J'ai dû admettre ma réalité, et plus que ça finalement : l'accepter. C'est grâce à cette acceptation que j'ai pu trouver ces solutions, ces stratégies. Il est donc temps pour moi de vous expliquer comment y accéder.

Les cinq étapes nécessaires pour faire un deuil et donc pour... accepter

Si un événement de ce genre vous est arrivé, une annonce plutôt choquante, ou en tout cas difficile à accepter dans un premier temps, eh bien, ne vous inquiétez pas. C'est relativement normal d'avoir des réactions violentes. Ou en tout cas, dans un premier temps.

C'est juste humain. Je l'ai su plus tard, beaucoup plus tard, mais j'ai lu que des médecins nommés Elisabeth Kübler-Ross et David Kessler ont réussi à distinguer cinq phases que l'on traverse logiquement pour faire le deuil de quelque chose.

Dans l'ordre, il y a le déni, la colère, le marchandage, la dépression et enfin, et surtout, l'acceptation.

Rêve de je(ux)

Est-ce que cela vous parle ? Sentez-vous que vous passez ou que vous êtes passé par l'un de ces états ?

Moi, quand je repense à cette annonce de la perte de ma jambe, en sortant de mon opération, ce fameux 9 avril 2002, eh bien, j'ai la sensation d'avoir un peu connu ces sentiments successifs-là. C'était ça, mon challenge de l'acceptation. Comment allais-je avancer dans ma vie, dans tous les sens du terme, avec cette nouvelle réalité et les conséquences qui vont avec ?

La première étape donc : le déni. Car je ne voulais pas changer. Ou en tout cas pas à ce point ! Je voulais aller mieux. Pas me réveiller avec la mobilité en moins de ma jambe. C'était pour moi irréel, dénué de toute possibilité que cela soit comme ça, ce n'était pas vraiment le projet avant l'opération. C'était un peu comme si j'avais des œillères. J'avais décidé que j'allais guérir de mon cancer, pas d'en sortir handicapé.

Dans un deuxième temps : la colère. Parce que, bien évidemment, c'est ce que j'ai ressenti envers le corps médical. Ils avaient enlevé le pamplemousse cancéreux, mais ils n'avaient pas réussi à sauver le nerf de ma jambe. Dans ce genre de moment, cette colère vient aussi mettre en lumière un certain sens de la justice. C'est une valeur qui m'est énormément chère, et dans ma famille aussi. Pourquoi est-ce que ça me tombe dessus ? Qu'est-ce qui fait que je mérite

Accepter

ça ? Je ne suis pas d'accord, alors cette colère est très très présente. Avec le recul, je comprends bien qu'ils ne le pouvaient pas, mais c'est en tout cas un sentiment qui m'a traversé.

Aujourd'hui, je me sens en paix avec cette colère. Je ne sais pas... Irais-je jusqu'à dire que je suis content que cela me soit arrivé ? Oui, peut-être bien. Car je ne veux plus rien changer au chemin qui m'a amené jusqu'à vous dans ce livre, à l'aube des Jeux paralympiques de Paris.

En troisième étape, il y a le marchandage... Vous vous revoyez enfant, en train de bouder, campé sur votre position, figé, vos bras croisés, pendant que vos parents vous disent d'avancer. Vous le faites, mais en ronchonnant, eh bien, c'est clairement dans cet état que j'étais. Disons qu'on a voulu que je me résigne à croire que je ne marcherais plus. Eh bien, j'ai grappillé mètre par mètre une nouvelle façon d'avancer ! Vous comprenez ? Je suis content d'avoir eu cette force de « marchandage », comme ils disent. Une force positive, disons. Et non, je ne voulais pas me résigner à prendre cette jambe comme excuse pour me laisser aller. Ça a pris du temps, mais elle et moi, on a avancé quand même.

Je pense bien que le marchandage est évalué différemment par ces médecins. Dans le sens où si l'on n'accepte pas, on négocie d'une façon ou d'une autre pour ne pas accepter la situation. Pour ne pas admettre le changement. Oui, j'avoue. Mais je suis reconnaissant d'être passé par là. Cela m'a permis de prendre un chemin inattendu. C'est le mien. Et je l'aime, ce chemin.

En quatrième phase, il y a la dépression. Et effectivement, je suis passé par là. J'ai mis treize ans à briller. À rayonner autrement. Donc, je mentirais si je disais que je n'ai pas connu la dépression et tout ce qui va avec. Tristesse, incompréhension de ma propre vie et du sens que je lui donne, un désamour de soi. Mais à l'époque, je ne m'en rendais pas compte. J'y reviendrai dans l'évocation de mon parcours, à la suite de ce chapitre.

Cependant, le plus important, me semble-t-il, c'est la dernière étape dans le cheminement : l'acceptation !

Cela met plus ou moins longtemps selon nos personnalités, bien sûr, mais je pense aussi qu'il faut arriver à ce moment d'acceptation de soi pour reconnaître sa singularité et rayonner.

J'ai mis beaucoup de temps pour y arriver.

Lorsque j'étais allongé sur mon lit, intubé jusqu'à la gorge, ne pouvant m'exprimer, et juste armé de mes dix-sept petites années d'existence, il m'aurait été difficile humainement parlant d'accepter les choses d'emblée.

Ce moment reste gravé en moi. Ce fut difficile, et les émotions qui allaient avec étaient compliquées à gérer, et elles le resteront par la suite.

C'était un peu comme un animal blessé qui ne veut pas montrer sa vulnérabilité de peur d'être attaqué. D'ailleurs, mon profil actuel, ma personnalité restent marqués par cette expérience, comme une survie instinctive.

En effet, mes réactions sont souvent primitives et instinctives, dominées par le rouge, une couleur très animale. C'est comme un réflexe de survie, une adaptation inconsciente à mon environnement. Cette réaction primale est prédominante dans les situations stressantes, dans l'adversité, une sorte de lutte pour la survie.

Dans ces moments, j'ai identifié que j'avais besoin de vivre pleinement et intensément mes émotions négatives. J'ai besoin de vivre ces moments de *downs* au plus profond pour pouvoir rebondir. Alors, j'ai ce besoin de me retrouver seul, mais en me sachant entouré. J'ai besoin de l'amour et du soutien de mon entourage. De savoir qu'ils sont présents, sans qu'ils soient réellement dans une action particulière. La seule attente que j'ai, elle est de moi à moi : accepter cette flamme en moi et l'apaiser avec le temps.

Nos chemins de vie

Émilie a naturellement joué un rôle essentiel dans cette transition. À travers elle, mes confessions longtemps cachées se sont libérées. L'acceptation est sans conteste créatrice et motrice. Émilie m'aime. Je m'aime.

Après huit années où, à ses côtés, j'ai grandi, évolué, tant appris sur ma personne et sur ce que je voulais faire pour me réaliser pleinement, nous finissons malheureusement par prendre des chemins de vie différents, et plus en phase avec nos envies futures.

Il faut aussi avouer que ce rêve de Jeux prend beaucoup de place et de temps. Nous décidons de nous séparer, mais nous resterons unis à jamais. Ensemble, nous sommes devenus parents (et je vous en parlerai dans la prochaine partie).

Nous avons vécu des moments de joie et de peine intenses. Et je lui en suis très reconnaissant, car je me suis construit grâce à tous ces moments de vie si riches d'apprentissages.

Quelques mois après ma séparation, un nouveau souffle, une nouvelle évidence. Je rencontre Tiffany dans la vraie vie. Je le précise, parce que nous travaillons ensemble mais à distance depuis deux ans sur le sujet du handicap invisible, elle-même étant concernée. Et elle-même s'étant séparée aussi, nos chemins de vie se sont transformés en se rencontrant. C'était imprévisible et c'est ce qui en fait toute la beauté.

Aujourd'hui, j'envisage l'avenir différemment.

Accepter

Émilie et moi suivons chacun notre propre itinéraire, entourés des personnes qui croisent notre route.

Désormais, je suis donc accompagné de Tiffany, une personne chère à mon cœur, qui a su prendre ma main avec douceur pour m'accompagner dans cette transformation et projeter un bel avenir.

Nous allons parler de cette transformation dans une deuxième partie, car je pense véritablement que ce processus mérite également d'être décrit. Tout comme l'acceptation, qui prend du temps.

Je trouve riche de réaliser ce que chacun apporte dans les chemins de vie. Cultiver cette gratitude au quotidien n'est pas forcément évident, mais en écrivant ce livre, c'est l'occasion pour moi de me rendre compte aussi de la place de chaque « personnage » de mon histoire. La philosophie de vivre ces bons moments ensemble prend forme. Et l'accueil de nouvelles personnes dans ma vie a amélioré ma connaissance de ce « je ». Cette nouvelle réalité m'a guidé dans la construction de ma propre vision du chemin de vie.

Doucement, mais sûrement, je quitte un chemin. J'ai accepté. Je n'ai plus besoin de poursuivre cette quête de l'acceptation. Sans même savoir que c'était la destination, j'y étais. Et la transition s'est opérée, marquée par la pratique de plus en plus intense du badminton, dont je vais vous parler dans cette deuxième partie.

Rêve de je(ux)

La transition vers l'acceptation à l'aube de ma trentaine est orchestrée avec finesse. À ce stade, je prends conscience de la nécessité de donner un sens à ma vie, de me recentrer et de redéfinir ma raison d'être.

C'est à ce moment que je comprends que ce que je cachais depuis longtemps était ma singularité.

Pour moi, ce constat est une révélation. Ma décision audacieuse de marquer une pause, de changer de direction, occasionne un changement de perception du handicap. Je réalise que, loin d'être un fardeau, celui-ci peut devenir le moteur d'une transformation grandiose.

L'idée d'utiliser ma singularité comme force émerge, catalysée par une nouvelle confiance en moi. La fusion du sport et du handicap devient une opportunité, un nouveau défi se dessine : les Jeux paralympiques.

Cette idée, façonnée par mes propres réflexions, est un nouvel objectif majeur.

La transformation personnelle s'opère, redéfinissant, par la même occasion, ma propre estime de moi-même et le regard que je porte sur mon handicap.

Cette métamorphose, amorcée avec Émilie, devient un puissant levier pour la suite.

J'explore de nouvelles voies. Les Jeux de Londres en 2012 et leur impact sur la perception du handicap ont un effet bœuf sur mes nouvelles perspectives de sportif en para-badminton. Je comprends tellement de

Accepter

choses que la nécessité de sensibiliser et de partager cette expérience prend forme, petit à petit, soulignant l'importance de montrer au monde les possibilités qui émergent de la diversité.

Une nouvelle page s'ouvre, révélant les chemins parcourus et ceux qui restent à explorer dans la transformation de ce nouveau je(u).

2
Transformer

Avec le temps et les expériences, on finit par prendre conscience de ce qui fait sa singularité. C'est en tout cas ce qu'il m'est arrivé.

J'aime bien prendre l'image d'une chenille qui se transforme en papillon. C'est uniquement quand elle est papillon que l'on s'en émerveille. Parce que son histoire, c'était de se retrouver avec elle-même, dans son cocon, pour « déployer ses ailes ». Et je pense qu'en respectant notre chemin, on accueille davantage ce qui doit arriver. Comme une forme de lâcher-prise, d'abnégation. Ça ne veut pas dire « abandonner », au contraire. C'est vraiment accepter une réalité pour l'intégrer dans son existence et la faire briller.

J'ai alors compris que tout finit par se transformer. Je change ainsi, avec l'acceptation de mon handicap comme bagage. L'horizon évolue. Et les projets fleurissent sur mon passage !

Parlons vrai, parlons statistiques, définitions et « accessibilité »

Avant d'évoquer ensemble comment la transformation peut véritablement conduire à une forme de renaissance, il est important selon moi de partager avec vous quelques constats. Et sur le handicap invisible notamment, il y a tant à partager.

Les « valides » ont souvent cette image que la vie des personnes en situation de handicap, de manière générale, est très compliquée.

Certes, elle est parfois plus difficile, il faut s'adapter, faire des aménagements, trouver des solutions pour que le quotidien soit plus fluide. Mais elle n'est pas plus compliquée, elle est différente de la vie de tout un chacun. C'est tout.

Les personnes en situation de handicap n'attendent pas qu'on s'apitoie sur leur sort. Elles n'ont pas besoin ou envie d'entendre des phrases toutes faites, compatissantes, du style : « Ah, mon pauvre, je suis désolé pour toi ; elle doit être dure, ta vie. » Elles veulent simplement que l'on admette une réalité, leur réalité. Que le fonctionnement de la personne concernée ne soit pas une excuse, mais une explication.

Transformer

C'est davantage important quand le handicap est invisible, car l'incompréhension est d'autant plus présente. Ça ne se voit pas, il faut donc faire confiance aux propos.

Mais qu'est-ce qu'un handicap invisible ? Selon le site Handinorme, c'est « un handicap non détectable qui ne peut pas être remarqué si la personne concernée n'en parle pas. Le trouble dont elle souffre impacte pourtant sa qualité de vie ». Cette définition est parlante.

Le Code de l'action sociale et des familles, lui, définit ainsi le handicap : « Constitue un handicap toute limitation d'activité ou restriction de participation à la vie en société subie dans son environnement par une personne en raison d'une altération substantielle, durable ou définitive d'une ou plusieurs fonctions physiques, sensorielles, mentales, cognitives ou psychiques, d'un polyhandicap ou d'un trouble de santé invalidant ».

Les handicaps invisibles ont donc bien leur place dans cette définition. Ils existent, ils sont bien réels et invalidants pour des millions de personnes. Neuf millions de personnes, soit 80 % des handicaps ! La partie immergée de « l'iceberg ».[1]

On va faire un petit test.

Si je vous dis le mot « handicap », à quelle image vous pensez ? Oui, naturellement, vous voyez le logo

---
1. APF France handicap.

avec le fauteuil roulant. Vous n'êtes pas les seuls, et c'est O.K. ! Dans les consciences collectives, le handicap est souvent matérialisé par le fauteuil roulant, qui représente 1,6 % des personnes en situation de handicap. Le fait est que c'est une manière simple et très répandue de montrer qu'un individu est à mobilité réduite… Mais l'image est du coup en elle-même réductrice, car elle ne représente qu'une minorité.

C'est la raison pour laquelle je veux désormais me battre. Et, oui, encore un nouveau challenge, pour que les mentalités et le regard que l'on porte sur le handicap invisible changent.

Plusieurs de mes amis se déplacent en fauteuil roulant, et je vois bien que les problèmes d'accessibilité sont pour eux un combat quotidien. En 2024, peut-on encore trouver normal que certains lieux ne soient pas accessibles aux personnes à mobilité réduite ? Les transports publics, les magasins, les hôtels, les restaurants, etc. Bien que la loi du 11 février 2005 pour l'égalité des droits et des chances ait instauré cette obligation. Ainsi, « toute personne handicapée a droit à la solidarité de l'ensemble de la collectivité nationale, qui lui garantit, en vertu de cette obligation, l'accès aux droits fondamentaux reconnus de tous les citoyens ainsi que le plein exercice de sa citoyenneté ».

Alors tout ce qui est fait pour rendre plus facile la vie des personnes en situation de handicap est important.

Transformer

Et il y a du boulot ! Il me vient à l'esprit les problèmes rencontrés par les personnes non ou malvoyantes lors de leurs déplacements. Par exemple, combien y a-t-il de bandes sonores sur les trottoirs pour les aider à se repérer ? Trop peu. Alors qu'à l'étranger, beaucoup de pays les instaurent comme l'Espagne, le Canada, le Japon, l'Inde, l'Australie... Donc c'est tout à fait possible.

Mais plus largement, si l'on considère les chiffres que je viens de citer, le premier problème des personnes en situation de handicap, est-ce seulement l'accessibilité ?

Je pense que l'un des problèmes « racines » si je puis dire, c'est le manque de reconnaissance. Figurer dans « l'égalité des droits et des chances » devrait faire valoir une considération de chaque individu pour ce qu'il est, et non pour ce qu'il représente. Le problème de reconnaissance vient soulever également un problème sur la définition. Je partageais avec vous la définition officielle tout à l'heure, mais celle que l'on a à portée de main est dans le dictionnaire.

Dans le *Larousse* par exemple, on peut lire : « Limitation d'activité ou restriction de participation à la vie en société due à une altération des capacités sensorielles, physiques, mentales, cognitives ou psychiques ». Ou, en deuxième définition : « Désavantage qui met en état d'infériorité ».

Rêve de je(ux)

Franchement... Avec une telle définition, qui serait heureux d'être en situation de handicap ? Voire pire, être étiqueté de « handicapé » et faire de cette terminologie une identité ?? Personne.

C'est là où il y a un blocage. Personne ne peut s'identifier à cela. Donc quand on a un handicap, visible ou pas, on subit cette définition publique. Et quand il est invisible, le fait qu'il ne se voie pas et que l'on reçoive des « c'est dans ta tête », implique que beaucoup ne se sentent pas légitimes à être considérés en situation de handicap.

À quoi bon le reconnaître ? Notamment au sein de l'entreprise, bien que des dispositifs (RQTH : Reconnaissance qualité travailleur handicapé) d'adaptation de poste et de maintien dans l'emploi existent en ce sens ?

Donc il y a une injustice naturelle qui s'installe dans la considération du vivant, tout simplement. Non, il n'y a pas d'égalité des chances.

On me demande d'ailleurs si je souffre. Et honnêtement, quand je vois ce que certaines femmes endurent, avec des maladies invisibles comme l'endométriose ou la fibromyalgie, qui peuvent même faire des malaises dus à la douleur intense, je pense que j'ai une certaine tolérance à la douleur et que je ne m'en sors pas trop mal ! Et pour le coup, ces maladies ont du mal à se faire reconnaître.

Transformer

Donc à terme, en effet, la souffrance psychologique s'installe. Ce qui fait qu'il existe une réalité dans le monde du handicap avec laquelle j'ai du mal à composer. La dureté de la vie associée aux diverses pathologies et divers troubles associés à une non-acceptation fait que beaucoup de personnes se noient dans un environnement négatif. En ce sens, les prises de parole sont souvent « victimisantes », et j'aimerais pouvoir aider ces personnes à avoir accès à davantage de lumière. Car il y a plusieurs chemins pour voir les choses autrement, j'en suis intimement convaincu pour l'avoir vécu. J'ai à cœur de pouvoir apporter une vision plus optimiste en libérant la parole de manière constructive. D'apporter des solutions. D'être dans ce mouvement de l'amélioration de nos conditions de vie et ainsi se sortir d'un « pathos » existant qui pourrait être transformé en véritable force collective.

Je pense que ce qui va permettre d'avancer, ce sera grâce à l'acceptation. Les personnes porteuses d'un handicap invisible n'osent pas en parler parce qu'elles ne se sentent pas « assez handicapées ». Vous le croyez, vous ? C'est quand même dingue de se dire au fond de soi que l'on n'est pas « assez »... handicapé.

Moi le premier. J'ai un handicap avéré, qui peut me gêner et me faire souffrir, mais il ne m'empêche pas de me déplacer. Et il n'est pas visible d'emblée. Suis-je pour autant complètement valide ? Non. Au quotidien, mon handicap ne me permet pas de vivre comme une personne campée sur deux jambes qui fonctionnent normalement. Alors que faire quand on ne sait pas trop où se situer ?

Grâce au sport, grâce au para-badminton, et avec les perspectives des Jeux paralympiques, j'ai décidé de montrer le mien.

Il m'a fallu du temps et un gros travail sur moi, mais j'ai fini par l'accepter, cette jambe, et ne plus en avoir honte. Je vous en parlerai plus tard, mais j'ai même décidé de la sublimer.

Le cheminement qui m'a amené à assumer mon handicap invisible et à le transcender m'a fait comprendre que je pouvais aller plus loin. Plus loin encore que la pratique de mon sport en paralympique. J'ai réalisé que j'avais un message à transmettre. Assurément.

Je rêve de pouvoir aider toutes ces personnes qui souffrent et cachent leur handicap. Je rêve de les aider à s'accepter, à ne plus porter leur différence comme un poids, une honte, une différence que l'on tente de dissimuler. Les aider à s'accepter, c'est aider la société à accepter la diversité, développer sa tolérance pour une meilleure inclusion.

Je rêve de pouvoir aider toutes ces personnes qui souffrent, qui osent à peine le dire et le nommer. Je rêve qu'elles puissent présenter leur carte sans honte à la caisse des supermarchés. Et surtout, j'aimerais que le regard des clients qui attendent derrière elles change.

Je veux témoigner pour permettre aux mentalités d'évoluer, et pour qu'on arrête de regarder de travers les personnes qui se garent sur une place handicapée alors qu'elles ne se déplacent pas en fauteuil roulant.

En pratiquant le badminton à un haut niveau et en visant les Jeux paralympiques, je veux montrer qu'on peut être un sportif avec un handicap, comme de nombreux sportifs dans cette situation, mais je veux aussi et surtout mettre en avant le handicap invisible.

Parce qu'être handicapé, ce n'est pas qu'être diminué et donc considéré comme « pas apte à faire des choses ».

Voilà pourquoi a émergé l'idée de rendre visible l'invisible !

Au moment où je me suis mis à la recherche d'une activité complémentaire à mon travail de sportif de haut niveau, ce message s'est peu à peu imposé à moi, un message plein de sens et positif que je suis bien décidé à transmettre. Comme un rêve que je veux voir devenir réalité.

Pourquoi le badminton ?

On m'a souvent demandé : « Pourquoi le badminton ? » En fait, ce fut d'abord un hasard : nous nous étions mis d'accord, ma femme et moi, pour faire nos activités séparés le mardi soir et c'était le seul sport où il restait de la place ce jour-là.

Dans mes souvenirs, le badminton, c'était un sport ludique et accessible, où on se faisait des passes. J'en ai fait à l'école comme la plupart des gens, mais surtout, j'en faisais dans le jardin avec mon frère et nous devions nous arrêter, car la nuit tombait et on ne voyait plus le volant.

Maintenant, je me souviens de la première fois où je suis entré dans cette salle d'entraînement au badminton : ce n'était pas vraiment le même sport que dans mes souvenirs ! Ça jouait beaucoup plus vite, les joueurs étaient forts, il y avait de la technique. C'était intense sur le plan cardio. Ça se déplaçait vite, mais en même temps, il y avait de la stratégie. Il ne s'agissait pas uniquement de taper dans le volant en espérant qu'il passerait le filet. J'ai découvert qu'il y avait une véritable construction du jeu.

Bref, je suis tombé directement amoureux de ce sport !

Je ne sais pas si vous comprenez combien le badminton est une discipline passionnante ! En tout cas, à mes yeux. C'est un sport technique, géométrique, très tactique. Il me fait penser un peu au jeu d'échecs, en matière de stratégie.

Comme dans les échecs, on est engagé dans un duel face à son adversaire. À chaque coup de raquette, il faut penser au coup d'après. À chaque point, c'est comme construire un échec et mat. Tu construis ton point, tu cherches à poser des problèmes à ton adversaire ; lui, il cherche des solutions et inversement fait de même en te posant des problèmes. À cela s'ajoute le physique, qui va faire la différence en fonction de l'efficacité du rythme de ton adversaire.

Avant, j'étais plus attiré par les sports collectifs de ballon parce que ça bouge, ça va vite ! Mais le badminton, contrairement à ce que l'on croit, ça va encore plus vite ! Et vous pouvez me croire, ça permet de se dépenser ! Et puis, j'adore le volant, les trajectoires qu'il emprunte, comme des lignes architecturales que je comprends, que je lis bien et que j'arrive à anticiper.

En fait, je crois que j'ai eu un véritable coup de foudre pour ce sport ! Et lui et moi, nous sommes compatibles.

Ce n'est pas qu'un sport. Mais il m'a transformé en ce que je suis aujourd'hui.

En jouant, on reçoit ce que l'on donne, c'est un effet miroir. Le badminton, c'est vraiment le sport qui me permet de me transcender, de me surpasser, de donner le meilleur de moi-même. Et je reçois beaucoup en retour !

J'ai vraiment commencé à jouer à l'âge de vingt-neuf ans, alors que j'avais caché mon handicap. Mais vous savez, lorsque vous jouez au badminton, difficile de cacher son handicap, ou de dissimuler une jambe non valide. Alors grâce à lui, avec lui et par lui, il a fallu que je me prenne en main, et avant tout, que je m'accepte tel que j'étais. Avec cette nouvelle jambe. Que je l'accepte et que je la fasse briller.

Aujourd'hui, j'aime la mettre en avant. C'est elle qui m'a amené jusqu'ici. C'est elle qui m'a amené à pratiquer le para-badminton. C'est ma boîte de Pandore. Et je l'ai ouverte pour découvrir, contre toute attente, une véritable et belle transformation de moi-même. Un nouveau « je » qui ne demande qu'à se déployer.

Le début du para-badminton

Pour revenir au début, avec ce rêve de faire les Jeux, je fais un tour d'horizon assez rapide des sports que j'aime et que je pratique.

Je fais de la natation et du vélo en compagnie de mon ami Benoît, mais je le vois vraiment comme un dépassement personnel et un moyen de partager des moments avec lui. Le badminton, quant à lui, me fascine, me passionne et me donne l'envie d'aller plus loin.

En 2014, je fais du badminton depuis seulement deux ans, et je découvre que la France organise ces premiers Championnats nationaux de para-badminton !

C'est fou, me suis-je dit. *Au moment même où je m'intéresse aux para-sports, il y a cette première compétition.*

Signe du destin ou pas, je prends cette nouvelle comme une opportunité et je contacte alors le sélectionneur de l'équipe de France de para-badminton.

Je me présente alors à lui, et lui demande comment se passent les classifications, en expliquant mon handicap. Il me répond que, justement, une compétition internationale en Espagne doit avoir lieu et serait la meilleure opportunité pour me classifier et pour me tester.

On est en février 2015 et avant cette compétition, un stage de l'équipe de France a lieu pour que l'on puisse se préparer à cet événement. Je reçois une convocation de la fédération m'invitant à ce stage afin de faire mes premiers essais.

Je découvre des athlètes aux handicaps très différents.

Certains sont en fauteuil, d'autres sont amputés, d'autres se déplacent sur leurs jambes, manifestement atteints d'infirmités moins visibles.

Ces sportifs de haut niveau suscitent chez moi beaucoup d'admiration.

Quel mental fort, quel esprit de compétition chez ceux qui acceptent non seulement leurs handicaps, mais qui en font quelque chose d'ultra positif, une véritable résilience.

Rêve de je(ux)

C'est à ce moment que mes objectifs se fixent sur le handisport. Je sais enfin où est ma voie, et ce que je veux devenir : un champion de para-badminton.

Véritablement, je trouve enfin ma place dans ce monde.

Et cette place, elle est, au commencement, défini par le choix des médecins classificateurs en Espagne.

Comme je le disais précédemment, ils identifient le degré des handicaps, ce qui permet d'entrer dans une catégorie allant de 1 à 6.

Il y a :
- les personnes en fauteuil : WH1 et WH2 (ceux qui ont une mobilité du tronc),
- les personnes debout avec un handicap aux membres inférieurs : SL3 et SL4,
- les personnes debout, mais avec un handicap aux membres supérieurs : SU5,
- les personnes de très petite taille : SH6,
- les déficients mentaux : Sport adapté,
- les déficients auditifs ou visuels : DH.

Au final, presque tous les types de handicaps sont représentés au badminton, seuls les déficients visuels n'y sont pas. Maintenant, quand tu connais la discipline et la vitesse du volant, difficile d'adapter ce sport sans grand bouleversement de cette discipline.

Suite à ce stage, nous décollons donc avec toute la délégation française pour l'Espagne.

Transformer

Je me rappellerai toute ma vie ma première compétition internationale, où je vais représenter mon pays, porter fièrement les couleurs de la France, mais avant cela, je dois me faire classifier.

Je me présente avec tout mon dossier médical, compte-rendus d'opération, examens médicaux expliquant toutes les interventions que j'ai eues et, par conséquent, les déficiences physiques que cela a engendrées. Je fais des tests sur le terrain et, première victoire et pas des moindres, les classificateurs m'assignent dans la catégorie SL3.

La particularité de cette catégorie est que l'on évolue sur un demi-terrain en simple. Du fait que j'ai de vraies difficultés à me déplacer latéralement avec ma jambe droite, jouer dans cette catégorie me laisse plus de possibilités et me donne une opportunité et un challenge pour performer.

Ensuite a lieu mon premier match, et je m'en souviendrai toute ma vie. Je suis face au numéro un mondial. Quoi de mieux pour débuter son premier match officiel en para-badminton ? Et là, je découvre physiquement mon adversaire, un Anglais bien plus handicapé que moi, car il est également touché au bras, si bien que je crois naïvement que cela sera facile de gagner contre lui. Mais je me trompe et c'est tout l'inverse. Je m'incline 21-11. 21-11 contre ce grand champion !

Rêve de je(ux)

J'apprends là une première grande leçon sur les a priori que l'on peut avoir sur les personnes handicapées.

Oui, il est hémiplégique. À première vue, il est peut-être plus lourdement handicapé que moi, mais pas sur un terrain de badminton. Non, cela ne l'empêche absolument pas d'être un excellent sportif et de savoir s'adapter au mieux avec son corps et la discipline. Bien au contraire !

C'est là que je comprends aussi l'intelligence et le travail de tous ces sportifs handisports qui s'adaptent avec le matériel, les règles et leur corps pour trouver les meilleurs réglages possibles pour performer. Et dans ce sens, je trouve que le sport de haut niveau, qu'il soit valide ou handi, est similaire. Le dépassement de soi avec au bout l'envie de performer.

En tout cas, ce que je retiens de ce premier match-là, c'est que tout est possible et que ce très grand champion a accentué chez moi la gnaque.

Si lui l'a fait, je peux le faire aussi ! Pourquoi pas moi !

Loin de me faire renoncer, cette première confrontation me donne ainsi la furieuse envie de continuer et surtout de m'améliorer, de progresser et d'y arriver !

Je termine cette première compétition avec une belle victoire en trois sets dans l'autre match de poule et m'incline ensuite en huitième de finale contre un joueur bien plus expérimenté.

Transformer

Ce fut tellement riche d'apprentissage et cela m'a donné l'envie de progresser et d'aller encore plus loin.

En mai 2015 a lieu mon premier Championnat de France.

Je m'entraîne alors avec toute l'énergie dont je peux faire preuve quand je veux atteindre un but. Je me donne à fond, déterminé comme je sais l'être. Et ça marche ! Je finis champion dans ma catégorie et vice-champion en double ! J'obtiens même le bronze en mixte !

Quelle belle réussite ! Je suis heureux, comblé ! J'enchaîne les tournois. Je découvre les voyages dans le monde grâce aux opens internationaux et tout cet univers du sport de compétition.

J'ai des étoiles plein les yeux et, plus que jamais, une indéfectible envie de réussir ! Le sport reprend une place importante dans ma vie, et surtout le para-badminton.

L'année 2016 arrive et avec elle les Jeux olympiques et paralympiques de Rio. Mais cela ne me concerne malheureusement pas encore, car ma discipline n'est pas inscrite aux Jeux paralympiques. C'est tout juste si l'on commence à en parler.

Alors que le badminton, lui, fait son entrée dans les disciplines olympiques aux Jeux olympiques de Barcelone, en 1992, le para-badminton finit par rentrer comme une discipline paralympique seulement aux Jeux de Tokyo en 2020.

Le para-badminton aux Jeux paralympiques ! Pour moi, c'est une évidence, je dois y participer ! Nouveau challenge, et pas des moindres ! Alors, je donne tout…

En 2016, je deviens champion d'Europe en double. Puis j'ai eu une médaille de bronze en simple. Je perds à nouveau contre cet Anglais.

J'ai rapidement compris que si je voulais progresser et arriver au niveau de compétition que je visais, il fallait que je sois entièrement disponible dans ma tête.

Alors j'ai appris à cloisonner, à mettre en avant certaines choses et à faire passer, le temps nécessaire, d'autres choses au second plan.

Maintenant, quand je suis sur le terrain, c'est comme si j'étais sur scène. C'est une sensation unique. Je suis là pour vivre des émotions, mes émotions, et les mettre au service de mon jeu. Alors, je me concentre sur mes ressentis. Et dans ces moments, j'ai besoin d'énergies positives. Musique, doudous porte-bonheur, les éventuelles personnes qui viennent avec moi en compétition… J'ai besoin de sentir que l'on croit en moi. Comme je crois en moi. Je viens sur chaque match en conscience du chemin que j'ai réalisé, dans l'objectif d'avancer encore plus loin.

Il m'a fallu du temps pour arriver à compartimenter les choses ainsi, mais j'ai réussi à mettre en place une sorte de mécanisme qui m'oblige à me focaliser sur mon jeu et rien d'autre.

À ce moment, je me sens assez fort pour aborder 2020 et les Jeux paralympiques de Tokyo. J'ai acquis pas mal d'expérience, je multiplie les heures d'entraînement, et mon niveau s'améliore de jour en jour.

Je change. À tous les niveaux. Et ce changement va s'opérer dans mon jeu, mais aussi physiquement, sur moi, et plus particulièrement sur ma jambe.

Le tatouage de ma jambe invalide

On peut le constater aujourd'hui, ma jambe droite est entièrement tatouée. C'est le symbole de mon acceptation. Le premier pas vers la transformation.

Ce tatouage, c'est désormais un symbole bien visible pour un handicap qui l'est beaucoup moins. Mais avant d'en arriver là, j'ai fait du chemin.

Je ne sais plus exactement comment s'est produit le déclic, mais un jour, j'en ai eu marre que les gens regardent ma jambe, d'un air curieux ou interrogateur. Je me dis alors que oui, tiens, j'allais leur donner de quoi la regarder ! Et j'ai voulu sublimer cette jambe à travers un tatouage.

Sur le moment, c'est ma façon à moi d'accepter la situation, d'accepter enfin mon handicap. Je n'allais plus cacher ma jambe, j'allais la montrer, et même la mettre en avant !

Opération transformation.

Je n'avais jusque-là jamais eu l'idée de me faire faire un tatouage, mais là encore, ce fut presque une évidence !

J'attends un moment avant de me faire tatouer, le temps que je réfléchisse à l'aspect que je voulais donner à ma jambe. Et puis, le tatoueur que je rencontre aura un an d'attente. Mais qu'importe, je suis décidé, et je demande de graver ma jambe avec un « effet prothèse ». Quitte à accepter mon handicap, autant jouer sur l'ironie ! Je choisis donc un motif « jambe bionique », une sorte d'armure de robot.

Je ne veux pas que ce soit réaliste, je veux les particularités de la mécanique : un mélange de peau de serpent et d'armure qui vient renforcer cette jambe et l'embellir.

Je me fais donc faire ce tatouage en forme de plaques d'effet mécanique. Chaque plaque est composée de figures géométriques. Je choisis des motifs comme la fleur de vie qui symbolise la création et la métamorphose, ainsi que d'autres formes.

L'idée aussi est de trouver un motif qui ne vieillit pas trop mal, histoire de ne pas regretter mon tatouage quand je serai vieux ! Par exemple, je choisis des designs japonais qui ont plus de huit cents ans en me disant que si les gens les apprécient encore aujourd'hui, c'est plutôt bon signe.

Le seul écart à la règle, sur mon tatouage, c'est le logo des Jeux paralympiques de Tokyo, à l'arrière sur mon mollet. Au moment où je me le tatoue, on est en 2017 et je marque ce projet paralympique sur ma peau comme le projet d'une vie.

Alors, j'ai peut-être désormais une jambe de robot, mais je ne suis ni invincible, ni parfait. Et c'est justement pour ça que j'y arriverai !

Le tatouage de ma jambe fait pleinement partie du processus de transformation. Je ne la cache plus, je la montre et je suis plutôt fier de l'effet « jambe bionique » !

Ce qui est même amusant maintenant, c'est qu'un jour, une personne a pensé que j'avais une prothèse.

Alors certes, j'ai toujours une jambe plus fine que l'autre.

Oui. Mais à présent, elle est visible !

Je deviens papa de jumeaux

Au moment où je me lance dans ce nouveau challenge de vie que sont les Jeux paralympiques, je vis également une autre quête, un autre rêve : celui de devenir papa.

Rêve de je(ux)

Quand j'ai rencontré Émilie, nous avions tous les deux ressenti cette évidence que nous voulions réaliser ce projet ensemble, devenir parents ensemble.

Mais nous savons tous les deux que de faire des bébés à la « casa », comme les médecins nous disaient, serait très compliqué pour nous vu notre passif.

Émilie souffrait d'ovaires polykystiques. Un mal ô combien répandu, malheureusement. Quant à moi, au moment de mon cancer, les médecins avaient heureusement anticipé et fait congeler mes spermatozoïdes. Nous nous sommes dirigés très rapidement vers la procréation médicalement assistée pour nous accompagner dans notre projet.

Un projet...

En fait, c'est un vrai parcours du combattant et mentalement, il faut être très fort. En tout cas, on le devient, après les premières fausses couches, très traumatisantes pour nous, et les fécondations *in vitro* qui se succèdent. L'espoir renaît à chacune d'entre elles. J'ai le sentiment d'être impuissant face à toute cette machine, mais j'ai cette détermination en moi et le sport de haut niveau m'aide beaucoup à ce moment-là. Je connais l'échec à répétition, à moi de faire le lien, et mon rôle est de partager au sein de notre couple ces leçons. J'essaye comme je peux pour coacher ma partenaire de vie et l'aider à surmonter les chamboulements hormonaux.

Transformer

Les frustrations, le stress lié à ces émotions en dents de scie, le protocole rigoureux imposé par ce type d'actes éprouvants, physiquement comme psychologiquement, mettent à rude épreuve notre couple, qui ne vit qu'au travers de ces rendez-vous et dates précises. Mais notre mental, notre détermination, notre combativité, notre optimisme sans faille nous permettent de rebondir. J'essaye tant bien que mal d'insuffler cette énergie positive et mon expérience des combats médicaux gagnés à Émilie. Nous allons y arriver ! Nous gagnerons ce nouveau combat ensemble !

Légitimement épuisés et lassés des nombreux échecs successifs, nous finissons par demander à notre gynécologue obstétricien de PMA d'introduire cette fois deux embryons pour maximiser nos chances. Refus catégorique ! Pour l'hôpital, concevoir deux enfants d'un coup ne serait pas judicieux. Ce sont toujours des grossesses à risques. Le service de procréation assistée considère presque les grossesses gémellaires comme des échecs. Pourtant, nous insistons. Tant et si bien qu'ils accèdent à notre demande, à condition que nous signions une décharge, et au bout de trois ans de lutte acharnée, on nous annonce enfin qu'Émilie est enceinte de jumeaux ! Nous sommes fous de joie. Enfin, nous allons être parents !

Malheureusement, dans notre cas, la grossesse gémellaire se passe effectivement mal. Ce n'est quand même pas toujours le cas, il faut bien le dire, mais le corps d'Émilie est certainement éprouvé par les nombreuses interventions. Aussi, après les premiers mois pendant lesquels nous craignions une fausse couche, Émilie commence à souffrir d'hypertension. Puis, en novembre, c'est le choc.

Je suis alors en Corée pour participer aux Championnats du monde de badminton. Émilie m'appelle le lendemain de mon arrivée pour m'avertir. D'après les médecins, elle devra probablement accoucher au plus vite, car il y a un risque de prééclampsie ! Sa vie comme celle des bébés sont en danger. Ces derniers devaient naître initialement en février, il est très tôt dans la grossesse pour qu'ils viennent au monde !

Pourtant, par la suite, Émilie me rassure. Elle me tient informée tous les jours de la suite des événements et j'ai un vol tous les jours pour Paris, au cas où.

Paradoxalement, malgré la situation, je joue une très belle compétition, lors de ce championnat, et gagne même une magnifique médaille de bronze en double, ma plus belle jusque-là.

Avec du recul, je me suis rendu compte que je ne m'étais imposé aucune pression. Que je jouais libre et que même si la compétition devait s'arrêter, c'était pour vivre un moment encore plus beau : l'arrivée de mes bébés. J'ai surtout joué ces mondiaux avec l'envie de montrer à mes futurs enfants qu'il faut se battre pour atteindre ses rêves et même s'ils n'étaient pas encore nés, je le leur devais. Cette médaille était déjà pour eux et Émilie.

Je rentre à Paris et nos enfants pointent le bout de leurs nez le 21 décembre 2017, prématurés, à sept mois seulement de grossesse. Ils sont placés un mois en néonatologie, car ils pèsent seulement deux kilos deux cents grammes pour Mila et un kilo sept cents grammes pour Soa. Des poids plumes. Mais dans mon cœur, ils pèsent déjà une tonne !

Le début d'année 2018 marque ainsi la venue de nos enfants à la maison. Je reste au maximum aux côtés d'Émilie et de nos tout petits bébés. Je profite d'un court congé paternité et d'une activité professionnelle un peu au ralenti lors de mon retour.

Une nouvelle vie commence, et avec elle, son lot de rebondissements.

J'ai désormais un pourquoi en béton armé, une motivation à toute épreuve qui se loge au plus profond de mes entrailles, celle de rendre fiers nos enfants.

Mais la réalité me rattrape rapidement. J'alterne entre le boulot, les entraînements, la vie de famille à gérer. Mon projet des Jeux paralympiques s'ancre davantage, prend de plus en plus de place : il faut que je fasse des choix.

Renaissance

Alors en septembre 2018, je fais un choix qui va bouleverser ma vie professionnelle. Je souhaite maintenant m'entraîner en journée pour que je puisse retrouver ma famille le soir et les week-ends. Je demande alors à Michel, entraîneur et responsable du pôle Espoir de badminton du Creps (Centre de ressources, d'expertise et de performance sportive) d'Île-de-France, si je peux rentrer en tant que poliste.

Je connaissais bien le Creps, car j'y allais pendant les stages des vacances scolaires et j'avais même deux heures d'entraînement individuel le lundi midi. J'avais petit à petit, mois après mois, intensifié mes heures d'entraînement et trouvé des solutions pour progresser davantage, mais là, j'avais besoin d'un cadre complet.

Michel accepte et relève ce challenge. Ce n'est quand même pas évident d'intégrer un adulte, qui plus est handicapé, dans une organisation de jeunes enfants entre douze et dix-sept ans.

Michel le souligne : « J'ai rencontré Mathieu lors de sa participation dans les stages de ligues avec les jeunes. Et puis après, j'ai eu connaissance de son projet, de son envie d'intégrer le pôle. Après réflexion et en parlant avec les entraîneurs, on s'est dit qu'intégrer quelqu'un avec un handicap, invisible de surcroît, pouvait être un nouveau challenge. On tente l'aventure ou pas ? Et rien que le mot "aventure" m'excite. En tant que coach, je savais que c'était jouable dans l'intégration du groupe. Son handicap, je ne le vois pas à part sur des points techniques et tactiques. Et quand je dis que je ne le vois pas, c'est même au sens large du terme : ça fait partie de lui, c'est une personne comme une autre. L'inclusion pour moi, ce n'est même pas un sujet ! Alors O.K., on l'inclut avec l'idée d'amener de la maturité pour le groupe des jeunes, pour montrer aussi que le handicap ne donne pas de limite. Il y a des valeurs d'exemplarité qui peuvent apporter en plus de l'aventure sportive. »

Je rentre donc la même année que Dinesh, jeune pépite de treize ans. Nous sommes les deux nouvelles recrues de cette année 2018 et cherchons notre place dans ce pôle d'excellence. Moi, le plus vieux et lui le plus jeune. Ce grand écart au final créera une relation forte, proche de celle d'un grand frère et d'un petit frère.

Dinesh ajoute : « Le fait qu'on arrive au même moment au Creps m'a permis de partager cette aventure avec quelqu'un, la complicité était déjà présente malgré l'écart d'âge et ça m'a permis de mieux m'intégrer au groupe. Et quand j'ai appris pour son handicap, j'ai réalisé qu'en fait, je n'avais pas plus de connaissances que ça sur le sujet, n'étant pas concerné ou ne connaissant personne étant dans cette situation. J'avoue ne pas m'être particulièrement intéressé au sujet non plus. Mais le fait de côtoyer Mathieu au quotidien, cela m'a permis d'en apprendre plus sur le sujet, notamment *via* le para-badminton. Mais pas que... Le fait qu'il soit papa, entrepreneur en même temps m'impressionne, et je le vois à travers sa communication qui m'intéresse.

En effet, ça m'a interrogé sur l'image du sportif, ça m'a permis de prendre conscience de l'impact que la communication pouvait avoir sur moi et sur les messages que je partage. Et le fait qu'il parle beaucoup sur le handicap invisible, ses actions m'ont fait comprendre que ce n'était pas quelque chose qui le définissait, mais que ça faisait partie de son histoire. »

Ce partage, cette transmission auprès de la jeunesse se sont éveillés notamment à ce moment-là. Il n'y a pas que moi qui puisse exprimer une expérience, les jeunes ont aussi une vision, une histoire, un point de vue différent et ça nourrit tout autant mes réflexions, la manière de communiquer pour être plus direct et impactant.

J'avais trouvé mon futur à présent, mais il fallait encore que je puisse m'organiser avec mon employeur.

Je demande une rupture conventionnelle afin de vivre mon projet à fond, mais surtout pour que je puisse monter mon entreprise et bénéficier de l'Accre.

Transformer

À présent, le badminton est mon nouveau travail et cette renaissance m'a fait comprendre beaucoup de choses.

Avant, quand j'étais salarié en tant que consultant, j'étais très autocentré sur moi, ma carrière, mon salaire, les projets que je devais mener à bien. J'étais moins centré sur l'humain. Je prenais certes du plaisir à travailler avec certains de mes collègues, mais une fois le projet terminé, on passait au suivant. C'était le business avant l'humain.

Avec du recul, j'ai pris des risques et beaucoup ne comprenaient pas ce choix. Quitter une situation stable, un CDI d'ingénieur en tant que *product owner*, bien payé, pour aller s'entraîner et devenir sportif à temps plein, sans ressource, c'était totalement inconsidéré, mais je savais que j'avais besoin de ça pour aller performer et donner toutes les chances à mon rêve de se réaliser.

Et pour financer mon rêve de Jeux, tout en me construisant un après-Jeux, j'ai construit une activité professionnelle. Une véritable petite entreprise qui tourne autour de mes messages concernant le handicap invisible. Et j'en suis très heureux, car tout a finalement pris un sens.

De fait, dès le départ, il fallait que je trouve un moyen rapide de vivre de cette passion. En cela, mon expérience dans mon métier d'ingénieur et d'entrepreneur m'a bien aidé, mais il fallait que je m'entoure.

Rêve de je(ux)

J'ai donc d'abord rencontré Armand, qui m'a aidé à trouver des sponsors. Il ne connaissait rien en handisport. Et je dois avouer que notre parcours pour trouver des sponsors a été semé d'embûches.

Et oui, ça n'a pas été simple, car je ne suis pas le seul athlète. Les entreprises reçoivent des dizaines de demandes chaque jour. Alors, il a fallu trouver l'axe, mais surtout ce que je voulais transmettre, où étaient mes convictions, quelles valeurs je voulais partager.

C'est donc en axant et en parlant vrai avec eux que l'on a vu ensemble que l'on pouvait faire bouger les choses.

Aujourd'hui, avec tous mes sponsors qui m'accompagnent, je suis fier de ce que l'on a créé ensemble. Ils sont bien sûr arrivés progressivement dans l'aventure, et cela a commencé en 2014 par la fondation BPCE qui a été la première à m'octroyer une bourse pour mon double projet (création de boîte et carrière sportive avec en ligne de mire les Jeux de Tokyo). Puis je suis rentré en 2021 dans la *team* Banque populaire Rives de Paris, partenaire officiel des Jeux olympiques et paralympiques de Paris 2024. C'est un soutien important pour ces prochains Jeux et avec qui nous avons créé des liens forts lors de plusieurs événements internes. Je me souviendrai toujours de ces trois jours à Tignes.

Ensuite, il y a eu La Mutuelle générale que j'ai rencontrée dès 2015 *via* la vice-présidente et avec qui nous avons construit une relation humaine forte. En effet, ils misent sur la solidarité entre les générations, ce qui fait écho avec cette valeur importante qu'est pour moi la transmission..

Puis est venue, en 2021, la société Rhapsodie dirigée par Émilie et Brice. Des patrons comme j'en ai rarement rencontré qui m'inspirent et qui me fascinent par leur énergie et leur volonté de transmettre. Ils ont créé une entreprise sociale et solidaire avec des valeurs de bienveillance, d'entraide et sont pleinement engagés dans la diversité. L'humain fait partie intégrante de leur management et je m'imprègne de leurs valeurs qui guident leurs actions, de tout ça pour, moi aussi, construire ma société.

Ensuite en 2022, Picard Avocats, cabinet d'avocats entièrement dédié à l'accompagnement des employeurs en droit social et solidaire. Cette valeur de justice est très ancrée en moi, et de les savoir donner un sens plus juste à notre économie me touche beaucoup.

Puis en 2023, le groupe Avril, fondé en 1983 à l'initiative du monde agricole. Avril est l'acteur industriel et financier de la filière des huiles et protéines végétales. Il agit pour un collectif bienveillant et inclusif pour « servir la terre », leur valeur. Ils sont un soutien puissant dans ce rêve.

Enfin, tout dernièrement, la société Ipsen, groupe biopharmaceutique « guidée par la science et les données. Ils voient grand, agissent avec passion et exécutent avec précision ». Des valeurs que je partage à 100 % et qui démontrent une ambition forte et réelle.

Sans tous ces sponsors, je ne pourrais pas couvrir tous les frais qu'engendre mon sport. Car il y en a beaucoup trop à assumer avec tous ces déplacements à l'étranger.

Ce sont des choses qu'on ne connaît pas, mais voici ce qu'il est nécessaire de financer pour pouvoir réaliser un tel challenge :

- les entraînements (les ressources humaines et structurelles),
- les compétitions (vol, hôtel, repas, transports),
- le matériel (les maillots sponsors, les raquettes, les volants, les chaussures, les matériels de récupération),
- le loyer, les factures, comme tout un chacun, pour me permettre de vivre.

En para-badminton, il n'y a pas ce que l'on appelle le *prize money*, la récompense pécuniaire en fonction des résultats. Donc il est nécessaire de trouver de l'argent autrement pour pouvoir continuer son chemin. Me soutenir financièrement, c'est me permettre, certes, d'avoir les meilleures conditions pour ma préparation et donc assurer les meilleurs

Transformer

résultats possible en compétitions, mais c'est aussi l'opportunité pour les sponsors d'obtenir une visibilité internationale tout au long de l'année. Croire en mon projet, c'est soutenir une histoire, un rêve et les moyens mis en œuvre pour l'atteindre. C'est réaliser que cette aventure est humaine, partagée, vivante, car à chaque match, mon destin peut changer. C'est faire vivre à ses collaborateurs une autre manière de comprendre le handicap, leur faire découvrir des valeurs d'inclusion et de tolérance. Les inspirer et leur donner l'espoir de tous les possibles.

Bien que mon métier soit le badminton, j'essaye d'accorder du temps à mes sponsors et de trouver un équilibre entre entraînement et entrepreneuriat. Cet équilibre est important, car je veux construire quelque chose d'humain avec eux.

Au-delà de l'aspect financier, il y a d'abord de belles rencontres et de beaux échanges.

Dans ma façon de voir les choses, ce n'est pas juste prendre l'argent que te donne l'entreprise et l'image que tu renvoies, c'est aussi ce que toi, tu peux transmettre dans l'entreprise et ce que tu peux faire changer auprès des collaborateurs. Ce qui impactera par la suite.

C'est de cette manière que je conçois mes échanges avec mes partenaires. Faire évoluer les choses dans l'entreprise et, par rebonds, dans la société en général.

Rêve de je(ux)

À côté de mes sponsors et mécènes, ma fédération a également une part importante dans mon projet. Une bonne partie de mes déplacements est prise en charge et mes entraînements, ma préparation physique et ma préparation mentale ne me coûtent rien. Cinq à six tournois sont pris en charge à 80 % par ma fédération. Sur une année, tout cela représente environ 20 000 euros.

Après, pour le reste, c'est à moi de développer mes activités annexes, d'aller chercher d'autres partenaires, d'autres sponsors, pour m'aider à avoir les moyens de payer les personnes qui travaillent avec moi sur ce rêve de Jeux.

Même si je suis convaincu que l'humain doit l'emporter sur le business, l'argent reste malheureusement le nerf de la guerre. Et que l'on soit connu ou pas, quelle que soit la cause que l'on défend, lever des fonds, même pour un beau projet, reste un vrai combat.

Alors si vous voyez autour de vous une opportunité, n'hésitez pas à m'écrire à mathieu@parabadminton.com !

Ceci étant dit, vous savez, le sponsoring est une chose. Mais le cœur de mon attention reste la transmission.

J'aime communiquer dès lors que je dois expliquer mon handicap, raconter mon histoire et évoquer ce rêve. Qu'il soit de Jeux ou de Je. Vous commencez à comprendre !

Transformer

C'est aussi là que débute ma renaissance personnelle. Je vous en parle dans mon projet sportif et professionnel, mais cette énergie, je la puise dans la force créée par mon histoire.

D'ailleurs, je m'identifie souvent à un phénix. Cet animal imaginaire qui renaît de ses cendres, ces poussières d'un ancien soi, d'une mort de soi quelque part. Osons dire les choses telles qu'elles sont. On dit de lui que c'est un être fantastique, justement parce qu'il se transforme. C'est ce qui en fait toute sa beauté, cette fascination. C'est que malgré ce côté sombre de la mort, la lumière lui permet de regrouper ses poussières entre elles afin de créer un renouveau, plus fort, plus ancré, plus juste. Je sais désormais qui je suis, ce que je veux faire, comment je veux le faire. Et c'est grâce à mon histoire que j'existe.

Je ne peux donc continuer de relater ma période de transformation sans évoquer ce qui est important pour moi. Et là où je choisis de donner encore plus d'impact afin de toucher le plus de personnes, ce sont les conférences.

Je deviens entrepreneur et conférencier

Quand j'ai enfin accepté mon handicap et que j'ai commencé à en parler plus librement, je me suis rendu compte qu'il y avait énormément de gens qui souffraient d'un handicap invisible.

Soudain, les chiffres sont venus forcer ma compréhension. Sur cinq personnes ayant un handicap, quatre en ont un qui ne se voit pas. Qui se porte en silence. Dans l'ombre.

Nous reparlerons de cette ombre. Mais jusqu'alors, je pensais que j'étais le seul dans mon cas. Ou est-ce moi-même qui m'isolait ?

À l'époque, on parlait déjà beaucoup des personnes en fauteuil roulant ou avec des handicaps flagrants, des personnes avec un membre en moins ou une prothèse. On évoquait très peu les personnes comme moi, porteuses d'un handicap qui ne se voit pas. Et voilà. Ça a fait tilt. Ce que j'étais devenu, je pouvais le transmettre : il fallait changer le regard que l'on porte sur eux, sur nous, sur moi.

J'ai conscience que la prise de parole est une forme d'autorisation que l'on partage avec soi-même et que l'on partage avec les autres. Cela peut générer des « s'il peut le faire, peut-être que je peux le faire aussi ! » Je n'évolue plus sur mon chemin avec des œillères. Je les ai enlevées depuis longtemps. Et quand j'avance, que je combats sur le terrain du para-badminton, ou que je m'exprime en conférence, j'ouvre la porte à de nouvelles possibilités. Je le sais. Et j'espère que, vous aussi, vous comprenez cela dans votre propre vie.

Transformer

Nous avons tous un impact. Il faut juste choisir la manière dont on rayonne. Et soudain, le monde s'éclaire enfin.

En ce sens, la transmission est pour moi une manière incroyable de faire rayonner les messages. J'aime beaucoup intervenir dans les écoles. J'adore la spontanéité et la candeur des enfants, ainsi que leur côté authentique et les questions souvent très pertinentes qu'ils me posent. Moi-même papa, je sais me mettre à la portée des enfants pour que mes propos soient compréhensibles.

En 2023, d'ailleurs, je suis intervenu à l'école Lamazou, dans le XVIe arrondissement de Paris. J'ai effectué de nombreuses interventions dans des écoles, mais je vous avoue que ce jour-là, j'ai pris une claque. On sent que cette école prône la différence et la singularité et que cela fait partie des piliers de l'enseignement qu'elle veut transmettre.

Ce qui m'a le plus marqué, en plus du fait que l'école accueille depuis plus de 50 ans des enfants atteints de divers handicaps, c'est la bienveillance qui se dégage de tous les échanges. Les enfants étaient incroyables entre eux ! Lors d'une petite initiation au badminton, dans la cour de l'école, ils se sont tous soutenus. Ils ont encouragé leurs camarades en situation de handicap qui n'arrivaient pas à renvoyer le volant afin de les aider à se dépasser et à réussir. Cela m'a beaucoup touché et m'a fait comprendre que la clé d'un véritable changement passe par nos futures générations.

Les enfants d'aujourd'hui seront les adultes tolérants et ouverts d'esprit de demain. Encore faut-il que nous leur transmettions des valeurs justes. Et ça, c'est aussi notre rôle, à nous, sportifs de haut niveau, avec la visibilité et l'audience que nous pouvons avoir, mais pas que.

Nous adultes, nous avons aussi un rôle important, car nous sommes des modèles pour nos enfants, l'éducation ne vient pas que de l'école et nos valeurs, nos dires, nos actions ont un impact sur notre futur. Nous nous devons d'être exemplaires. Si nous cachons notre handicap, que vont alors retenir nos enfants ?

Et si nous acceptions tous notre singularité et que nous nous mettons à la montrer, à en être fier, vous ne pensez pas que nous envoyons un vrai message à nos enfants ?

Je pense que c'est dès le plus jeune âge que l'on peut apporter une nouvelle vision de la tolérance, notamment, sur le respect de l'histoire de chacun, que l'on ne voit pas. Le handicap invisible a longtemps été un énorme tabou. Et soyons honnête, il l'est toujours.

Innocemment ou bêtement, j'ai voulu être comme tout le monde. Et pour être comme tout le monde, j'ai caché mon handicap, autant que je le pouvais. J'ai adopté autant que possible une démarche « naturelle » et j'ai planqué ma jambe sous mes pantalons. Je voulais que mon handicap soit invisible. Il pouvait me réduire. Et finalement, ce handicap que l'on tente de dissimuler avec autant de force est encore plus lourd à porter. On se sent inférieur aux autres, imparfait, différent. En société, on est mal à l'aise, on a du mal à trouver notre place.

D'ailleurs, lorsque vous êtes porteur d'un handicap invisible, vous devez toujours vous justifier. Je prends l'exemple tout bête des files d'attente aux caisses des supermarchés. Lorsque votre handicap est invisible, vous pouvez bien sûr montrer la carte de handicapé et la caissière vous fera passer en priorité. Elle aura peut-être un regard surpris, car vous n'avez ni fauteuil, ni canne, ni prothèse pour expliquer le pourquoi de cette carte. Mais en prime, vous devrez affronter le regard et les remarques parfois désagréables des clients qui ne vont pas comprendre pourquoi vous êtes, vous aussi, prioritaire, puisque vous avez l'air « parfaitement normal ». À moins de le leur expliquer. Encore faut-il avoir envie de le faire.

Pour ma part, j'ai déjà dû me justifier et expliquer quel était mon handicap, puisqu'il n'est pas visible. Ce n'était pas forcément gênant, et je suis quelqu'un qui sait s'exprimer facilement, mais je ne le vivais pas toujours bien.

Je peux vous le dire : à travers mes rencontres, et à travers le sport, j'ai fait tout un cheminement sur mon propre handicap. Il en ressort aujourd'hui que si j'avais eu une sorte de « modèle », si j'avais rencontré d'autres personnes porteuses, elles aussi, d'un handicap invisible, si elles avaient parlé avec moi, si elles m'avaient amené à une prise de conscience, j'aurais pu faire de grandes choses beaucoup plus tôt.

Mais je n'ai pas eu ce modèle-là. Je n'ai pas rencontré ces personnes qui auraient probablement changé le cours de ma vie. Alors c'est dans le cadre professionnel que j'ai choisi de partager ces apprentissages que je partage ici avec vous.

« Mais pourquoi tu te rajoutes ça en plus ? »

« Pourquoi faire des conférences ? Tu n'en as pas assez comme ça dans ta vie ?! »

On me pose souvent ce genre de questions. Mais au fond de moi, je sais très bien que je suis devenu conférencier parce que c'est une suite logique de mon cheminement, ainsi qu'une histoire de rencontres.

Professionnellement, j'étais ingénieur. De formation puis de métier. Et ensuite, je suis devenu également entrepreneur. Mais quand finalement, je suis devenu sportif, j'ai gardé la partie entrepreneuriale. Je me suis mis à mon compte et l'idée était de créer une structure qui gérait ce que je faisais. Ni plus ni moins.

Je deviens alors mon propre produit. Le fruit d'un parcours qui a désormais un sens. Et qui peut devenir un exemple motivant pour d'autres.

Transformer

Je ne gagne pas d'argent en tant que joueur de para-badminton, c'est mon activité annexe qui me fait vivre, en dehors du sport. C'est d'ailleurs le cas de tous les joueurs qui ne sont pas « professionnels ».

Ainsi, j'imagine un modèle qui finira par fonctionner : mon statut de sportif de haut niveau m'a donné l'opportunité de développer mon activité professionnelle de conférencier grâce à des sponsors et des mécènes, et cette activité professionnelle me permet de gagner ma vie et de financer mon projet sportif, les Jeux paralympiques !

Mais ce qui est intéressant dans une transformation, c'est comment on en est arrivé là. Comment suis-je devenu conférencier ?

Alors voilà comment tout commence pour moi, et qui mieux que la personne qui m'a accompagné dans cette aventure pour vous en parler, Armand :

« On s'est rencontrés grâce au réseau social professionnel LinkedIn en 2019, Mathieu était à la recherche de quelqu'un qui pouvait l'aider à se professionnaliser et trouver des partenaires pour aller à Tokyo. Il a vu dans ma biographie que je faisais du sponsoring, et j'ai été assez curieux de comprendre qui il était. Sur son profil, je trouvais rigolo cette dualité *product owner* et sportif de haut niveau. Pour l'anecdote, et partager avec vous à quel point je n'étais pas très au fait du handicap, quand on s'est rencontrés pour de vrai, je m'attendais à le voir en fauteuil roulant, mais non, il est arrivé en trottinette électrique !

À ce moment-là, j'étais un peu dans le flou, j'avais arrêté ma dernière expérience professionnelle et j'ai eu l'opportunité d'aider des clubs de handball à trouver des sponsors. Je faisais un peu mon chemin là-dedans, j'essayais de me professionnaliser pendant mon chômage.

Et quand, lors de notre rencontre, nous avons partagé nos histoires, on a tout de suite vu qu'on avait une synergie, une petite flamme. Alors, je décide d'accompagner Mathieu en plus des clubs. Cela dit, le sponsoring n'intéressait pas trop les entreprises vis-à-vis du handicap à ce moment, Mathieu n'étant pas connu, ni le badminton, un sport très peu médiatisé. Mathieu a donc l'idée de réaliser des conférences en contrepartie. Je voyais qu'il était alerte sur la condition du handicap en entreprise, je trouvais ça donc très pertinent. Et on a commencé comme ça ! »

Ainsi, pendant un an, on galère littéralement pour trouver des sponsors. On teste plusieurs formules, il démarche petites et grandes entreprises, on cible, bref, on essaye tout. On comprend surtout qu'il faut que l'on vende une histoire plus que le projet. Et enfin, au bout d'un an, Armand me met le pied à l'étrier en me trouvant une conférence.

Voilà. C'est comme ça que tout commence.

Transformer

Pour être exact, à mes tout débuts de conférencier, il n'y a pas une mais deux conférences d'affilée. Et honnêtement, la première est une véritable catastrophe ! Mais une « cata » avec une pirouette qui, au final, se termine bien !

Je vous raconte.

Les deux conférences ont donc lieu à la suite.

Je sais déjà parler de moi et de mon parcours, et je suis plutôt à l'aise pour m'exprimer devant un public. Je rassemble tout ce que j'ai déjà entendu, les questions qu'on me pose régulièrement, ce qui impacte et surprend les gens. J'en fais une sorte de condensé et je restitue tout ça dans le discours que je délivre au public. Je conçois ma toute première conférence avec l'objectif de promouvoir le handicap invisible. Avouer sans honte que je l'ai caché. Expliquer pourquoi j'ai agi ainsi et ce que la société doit faire pour aider les personnes en situation de handicap invisible.

J'utilise alors ma propre histoire pour faire passer le message que je veux transmettre.

Je n'ai pas la prétention de détenir la vérité sur tout, ni sur les sujets que j'aborde et les points que je défends. Mais pour moi, l'important, c'est de semer des graines dans la tête des personnes qui viennent m'écouter.

Après, je dis à toutes ces personnes que c'est à elles d'arroser ces graines et de leur donner la lumière dont elles ont besoin pour grandir. Vous comprenez ?

Rêve de je(ux)

Je veux simplement créer des déclics.

Lorsque je parle de mon parcours de sportif et de tout ce qu'il m'a apporté et m'apporte encore aujourd'hui, je ne me décris pas comme un grand sportif, je ne mets pas en avant mon palmarès. Je dis juste : « Voilà ce que, moi, j'ai fait » avec l'espoir d'entendre en retour un « Et pourquoi pas moi ? »

Pour cette première conférence, tout se passe bien en amont. Ça fait sens pour tout le monde. L'entreprise qui me reçoit est sensible à mon projet. Je suis serein.

Mais le hic, c'est de faire la conférence dans un réfectoire, à midi, pendant que les autres mangent. Et avec une communication posée seulement quelques jours avant.

Pendant que les autres mangent, donc, je parle. Je réalise en direct que les personnes qui constituent ce premier public sont en train de prendre leur repas, et donc l'étendue du problème d'attention.

Je prends donc le micro, et c'est peut-être une erreur. Les gens qui suivent ma conférence sont là avant tout pour manger. Ils mastiquent leur nourriture, il y a le bruit des assiettes et des couverts. Ma voix tente de se faire entendre malgré tout ce bruit ambiant. Bref, croyez-moi, dans ces cas-là, ce n'est pas top !

J'ai l'impression d'être cette personne, dans un magasin, qui doit vendre sur un stand la promo du moment, alors que les gens veulent juste faire leurs courses habituelles et ne sont pas particulièrement réceptifs. Ou encore sur le marché, en criant pour essayer de vendre mes patates...

Je vous laisse imaginer !

C'est donc un flop monumental !

Je n'ai pas de talent de vendeur, vous savez, ce n'est pas vraiment mon truc. J'ai au mieux, je l'espère, un talent d'orateur. Mais plus je parle fort pour essayer de me faire entendre, plus les gens dans le réfectoire parlent fort eux aussi. Ce qui est logique.

Alors au bout d'un moment, je me résigne, je lâche le micro et je parle aux gens autour de moi, en petit comité.

Mais sincèrement, lors de cette première conférence, j'ai vraiment eu l'impression que je ne servais à rien et que mon discours n'avait absolument pas été entendu.

Juste après cette « catastrophique cacophonie », j'ai rapidement analysé les raisons de l'échec de cette conférence.

Encore mon mental de sportif qui fait toute la différence !

Pour que mes propos soient clairement audibles par tous et pour que je puisse m'exprimer sereinement, il faut vraiment qu'on mette à ma disposition une salle dédiée à ce type d'événement. Il faut également que le créneau horaire soit réservé uniquement à cette conférence.

Le lendemain de ce week-end haut en couleur, je donne donc ma deuxième conférence. Dans la foulée. Et cette fois, tout se passe bien mieux.

Je m'adresse à un public attentif, car venu exclusivement pour m'écouter et confortablement installé. La salle n'est plus cette fois un réfectoire bruyant, mais un « espace de société » à l'ambiance feutrée, de type amphithéâtre. Tout est conçu pour que je puisse donner cette conférence dans les meilleures conditions possible. Rien à voir avec ma première prestation !

Cette deuxième conférence est un succès. Cette fois, j'ai le sentiment que mes propos sont clairement entendus et qu'ils intéressent le public. Nous avons même droit ensuite à un apéro-dégustation qui me permet de me rapprocher du public et d'échanger avec lui.

C'est le même contenu que lors de ma première conférence. Je dis la même chose, avec la même envie de faire passer mon message. L'impact n'est pourtant absolument pas le même ! Comme quoi, les événements de la vie se jouent parfois à des détails qui ont leur importance.

Désormais, je le sais. Je mise vraiment sur les conditions et l'environnement lorsque je donne mes conférences. En amont, nous expliquons bien aux organisations qui me reçoivent le cadre qu'il me faut. Et tout se passe pour le mieux !

Transformer

Je ne pense pas que j'aurais arrêté pour autant s'il n'y avait eu que la première conférence, mais inévitablement, cela m'apprend beaucoup de choses sur le coup. Encore une fois. J'évolue. Je me transforme. Et je progresse.

Il aurait été évidemment hors de question pour moi de rester sur un échec, mais surtout, ce « cafouillage » m'aide à définir clairement le cadre dans lequel je souhaite m'exprimer par la suite.

Je retiens qu'il y a toujours une leçon à tirer lorsque tout ne se passe pas comme prévu. Et puis, cela permet de garder à l'esprit qu'un échec est toujours possible, que rien n'est jamais acquis.

Un an après mes débuts en qualité de conférencier, on se rend compte qu'il y a un réel besoin. Mon discours et le message que je veux transmettre semblent intéresser beaucoup plus de personnes et d'entreprises que ce que j'imaginais. Il faut donc s'adapter à la demande.

Armand poursuit son témoignage et sur ce que ça lui a permis de vivre également :

« En faisant ce constat et en réalisant que ça marchait, Mathieu m'a donné envie de monter ma boîte dédiée à ça, dans l'accompagnement d'athlètes handisport. C'est lui qui m'a transmis ça, car je n'avais aucun lien dans ma famille, dans mon entourage avec le handicap. Je ne savais pas trop dans quoi je m'embarquais, mais j'avais confiance en Mathieu, je ne me sentais pas seul, je mettais et continue de mettre en avant quelqu'un qui est légitime.

Ma mission, c'est de le valoriser et de faire en sorte qu'il y ait des rencontres. Ce qui m'anime, c'est d'aider des gens qui en ont besoin. J'avais envie de trouver une raison de travailler dans un projet qui allait changer la vie de quelqu'un. Le sport, l'esprit d'équipe, la performance, le challenge et véhiculer le message d'espoir sont devenus des leitmotivs. Alors le concept de mêler le sport, notre passion commune, et le handicap permet ainsi une sensibilisation beaucoup plus puissante.

Donc il faut composer entre son projet sportif et son activité entrepreneuriale. Faire le lien entre les deux afin de lui permettre d'avoir toutes les conditions pour atteindre son rêve.

Je me souviendrai toujours quand j'ai appris pour Tokyo, son premier rêve, quand il m'a annoncé sa non-qualification. J'étais au mariage d'un ami, et ce qui m'a marqué, c'est qu'il était déjà dans l'étape d'après, malgré la dureté de cet échec. Il avait compris comment il fallait avancer. Je me souviens que, pour lui, il y avait une vraie injustice.

Alors pour avancer, il a su rassembler. J'étais fier de voir qu'il avait cette force de caractère pour rebondir. Et il a réussi à m'embarquer de nouveau avec cette phrase notamment : "Les Jeux de Tokyo, ce n'est pas vraiment les Jeux, avec le Covid. Je suis attendu pour faire quelque chose de plus grand, les Jeux à la maison. L'histoire est belle, je finirai chez moi."

On s'est pas mal rapprochés à la vue de tout cet accompagnement. Il y a des hauts et des bas, mais notre relation est belle, je trouve. Comme pour beaucoup d'athlètes, ce côté autocentré dû à ce rêve fait perdre pied. C'est là que son équipe lui permet de rester ancré. Ce que je trouve fascinant, c'est sa capacité à ne reculer devant rien, d'avoir plein d'idées et de projets. Il continue d'y croire, et d'avoir toujours plus d'ambition. Et ça ne fait que monter en gamme.

Pour moi, le rêve, c'est un peu la flamme. C'est ce qui te maintient en vie et qui te donne envie de te lever le matin. C'est l'espoir. C'est aussi se remettre en question. C'est vital.

Il fait partie des rencontres uniques que j'ai faites, qui ont bouleversé ma vie. Il est arrivé à un moment de ma vie où c'était presque une bénédiction, et il a construit une partie de mon rêve. Il en fait partie.

Je note qu'il y a eu un vrai changement dans la prise de conscience de ce qu'il pouvait apporter aux autres. Il s'est spécialisé dans ce côté entrepreneur et sensibilisation, comment porter un message. Je pense qu'il s'est affirmé, notamment sur sa capacité à avancer sereinement sur son propre chemin, et non par le regard des autres. Il est vraiment reconnu sur le sujet et prend de la place dans le paysage du handicap. Cet "échec" l'a fait grandir, ça l'a aidé à savoir comment rebondir et trouver les outils pour les défis à venir.

Et ça m'inspire tellement dans les ambitions professionnelles ou personnelles que je peux avoir.

Aujourd'hui, j'ai une équipe de trois personnes à mes côtés et nous accompagnons une dizaine d'athlètes. Il m'a poussé dans le développement, il a partagé avec moi beaucoup de ses compétences, il m'a fait rencontrer plein de gens. Il a toujours eu un pied très important dans la boîte, car il a toujours cru en mon projet. Il partage avec moi cette envie de continuer et de découvrir encore et encore, de ne pas se mettre de barrière. Grâce à lui, j'ai une vision beaucoup plus ouverte. Ça m'a apporté une confiance en moi, car il me soutient et il y croit.

Je lui suis reconnaissant d'avoir cette énergie, et je l'encourage pleinement à continuer de faire rêver les autres, comme il l'a fait avec moi. »

Période Covid

À l'époque du Covid, j'ai pris conscience de certaines choses. La France étant en « stand-by » sur le plan manifestations sportives, je n'avais plus de compétitions sur lesquelles je pouvais

Transformer

communiquer. C'est à ce moment-là que je me suis dit que mon histoire, mon parcours et tout ce que je peux transmettre avaient de la valeur. Et, de rencontres en idées nouvelles, mon projet initial de « transmettre » est finalement en train de s'épanouir dans une sorte d'arborescence avec plusieurs projets qui s'articulent tous autour des valeurs qui nous ressemblent.

Dans la même temporalité (heureux hasard ?!), je rencontre Paul, sur l'application Clubhouse qui a explosé pendant le confinement, car ça nous permettait d'échanger avec les gens de chez nous en montant sur des scènes virtuelles.

Je découvre Paul qui est sur un projet digital, en parallèle de ses études, et c'est avec lui que je travaille actuellement sur un projet de documentaire sportif. Ensemble, nous travaillons sur cette image, sur la stratégie que l'on peut construire afin d'avancer sur du long terme, créer des projets qui impacteront.

Je suis, je crois, à un tournant de ma vie. Toutes les rencontres que je fais, que ce soit lors de mes conférences ou lorsque je travaille sur mes autres projets, toutes ces rencontres me nourrissent et m'enrichissent. Elles me permettent de créer mon propre chemin en tant qu'entrepreneur, un chemin passionnant et novateur, que la partie sportive vient enrichir. Et de cela, je suis très fier ! Et qui mieux que la personne qui m'a accompagné à ce moment-là pour vous en parler ? Paul :

« On s'est rencontrés en mars 2021 sur un nouveau réseau social assez particulier puisque l'idée était de partager sur des sujets spécifiques. À ce moment, je venais de me lancer en tant que conseiller en communication pour les sportifs professionnels. J'avais déjà deux athlètes dans des sports de niche, je cherchais de nouveaux sportifs pour me développer. Je savais que les Jeux olympiques et paralympiques de Tokyo et Paris seraient des opportunités potentielles. Et donc je découvre ce réseau et je tombe sur Mathieu qui parlait de Tokyo, de sa qualification en cours. Il parlait de son histoire, et j'ai tout de suite accroché, car j'étais intrigué. Il racontait son handicap invisible avec tellement d'énergie, d'engagement, que c'en était captivant et passionnant de voir un athlète si motivé sur son projet.

J'ai alors compris qu'on pouvait aller plus loin ensemble. Je l'ai contacté sur Instagram et l'aventure a commencé.

On s'est très bien entendus dès le départ, car on a tout de suite vu les synergies qu'on pouvait avoir. On a commencé à travailler sur son dossier sponsoring. En général, c'est une étape assez importante parce que c'est là où l'on découvre l'athlète dans les moindres détails. Je me suis rendu compte, au fur et à mesure de cette création, qu'avec Mathieu, on construisait aussi la suite de sa carrière en même temps. On a rapidement parlé de stratégie d'image et de communication, car il y avait un besoin de plus d'authenticité. On s'est donc plus concentrés sur cela.

Puis, il y a eu Tokyo et ça a mis en doute notre collaboration parce qu'il avait besoin de se recentrer et de rebondir. Il s'est rendu compte que ce qui le faisait avancer dans son projet, c'était avant tout d'établir de vraies relations humaines. C'est là que notre relation s'est renforcée et que notre amitié s'est nouée. Il sait identifier la valeur des gens et créer du durable. Ainsi, il gagne en confiance en lui et ça le pousse à avancer et à entreprendre. C'est une vraie aventure humaine qu'il a su créer.

Au fil du temps, j'ai trouvé que Mathieu s'était aguerri sur son développement d'entrepreneur et pas que sportif. Il évolue dans un environnement pas simple, car ce n'est pas très bien vu en France de mêler les deux. Il a senti qu'il avait envie de se structurer, qu'il avait envie de mettre les moyens pour atteindre ses objectifs, ce qui est nouveau en tant que sportif. Ça nécessite du temps, de la prise de risques, de l'investissement, mais aussi de l'audace, car on ne savait pas trop où on allait, en toute honnêteté, mais on y allait, on se faisait et on se fait toujours confiance sur nos capacités à créer ensemble.

Maintenant, il y a l'objectif de Paris 2024, et je le trouve plus prêt à faire face à la difficulté grâce notamment à l'apprentissage de Tokyo. Même si, en 2023, il aura souffert d'un manque d'organisation sportive autour de lui. Il a beaucoup investi d'énergie sur sa casquette professionnelle, ce qui fait que ce double parcours sportif et entrepreneurial est une corde qui est tendue sur laquelle il faut marcher comme un équilibriste.

Mais cet équilibre, on le trouve chaque jour. On a réussi à trouver notre organisation où, au final, aujourd'hui, je l'accompagne en tant que consultant. Je me dois d'être pragmatique dans ma casquette professionnelle, et de lui dire ce que je pense sur certains sujets, prendre position et ainsi redéfinir les priorités sur ses objectifs, notamment Paris 2024. Et à la fois, je me dois d'être à son écoute en tant qu'ami, le soutenir et lui montrer que je le comprends. Je suis donc dans cet entre-deux, ce canalisateur, car Mathieu déborde d'énergies et d'idées. Moi, ça nourrit mon ambition professionnelle. Ça me prouve et me démontre que mon rôle va au-delà de l'ambition entrepreneuriale, mais ça nourrit mon ambition personnelle qui détermine qui je suis en tant qu'homme. Le fait qu'à travers mon métier, je crée cette relation amicale, me montre qu'il n'y a pas de frontière entre l'agent et l'ami, ça nourrit pleinement ce que je veux créer à long terme : être efficace en tant qu'agent et empathique en tant qu'homme.

Transformer

J'ai rencontré Mathieu, athlète, et maintenant, il veut créer une fondation ?! Je pense que quoi qu'il arrive, par rapport à sa qualification pour Paris 2024, il va capitaliser sur toutes ses expériences professionnelles et personnelles et que ça va lui ouvrir des portes qui vont au-delà de ce qu'il y a aujourd'hui. Alors oui, ça m'intéresse de réfléchir, d'accompagner l'homme sportif en reconversion. Il restera une personnalité inspirante du monde de l'entreprise, car il nous montre à toutes et à tous que c'est nous qui avons le choix de rendre le rêve réel ou non. C'est à nous de prendre la décision de le rendre concret, et tout ce que ça implique. Ça nous replace en tant que responsable de nos vies et de nos actes. Et c'est ce que représente Mathieu aujourd'hui pour moi. »

Vous voyez ce genre de personnes si précieuses autour de moi, à quel point ça vous porte vers le haut ?

Il s'agissait à la base d'un hasard de se trouver sur ce réseau en particulier, au même moment. Et aujourd'hui, il est l'un de mes plus proches amis.

Grâce à son accompagnement, celui d'Armand et de toutes celles et ceux qui sont à mes côtés, cette activité et les projets annexes qu'elle génère seront mon métier « d'après-carrière ». Les combats que j'ai menés, les échecs que j'ai vécus, tout ce que j'ai pu apprendre sur moi et tout ce que j'ai appris en intervenant dans les entreprises constituent et étoffent jour après jour la trame de mes conférences.

Et si ça me tient à cœur, c'est parce qu'il y a une valeur fondamentale que j'ai déjà évoquée quelques fois depuis le début de ce livre : c'est la transmission.

Selon moi, c'est l'essence même de notre humanité. C'est en transmettant son amour à un autre humain que notre espèce a pu perdurer. C'est en transmettant ses compétences et ses savoirs que l'on a pu évoluer dans nos techniques, dans nos pratiques, dans nos sociétés. C'est en transmettant des visions, des points de vue que les philosophies ont évolué et que l'on peut faire preuve de créativité et d'innovation.

L'objectif dans tout ça ?

La tolérance et l'inclusion.

Mais l'inclusion avec un grand I.

C'est s'autoriser à exister, à être, à faire ses propres choix, à vivre ses rêves, peu importe d'où l'on vient, son orientation sexuelle, sa religion, son histoire. Tant qu'elle respecte celle de l'autre, et qu'on entre en accord avec la citation suivante :

« La différence de l'un crée la richesse de l'autre. »

(Auteur inconnu)

Transformer

Cette période Covid a, pour beaucoup, été synonyme de remise en question, de reconversions, de quête de sens. Je n'y ai pas échappé, comme vous avez pu le constater.

Et en identifiant à quel point l'humain était vital pour réaliser mon rêve de « je », j'ai pu comprendre que c'était ma raison d'être et d'agir.

C'est ça qui m'anime vraiment : transmettre et créer un impact.

Alors oui, je multiplie les actions pour toucher le plus de monde possible, et ainsi, c'est ce qui donne encore plus de sens à mon rêve de « Jeux ».

Mon pourquoi me pousse vers ce rêve de je(ux)

On me pose souvent ce genre de questions, lors de mes conférences, ou au hasard de mes rencontres :

« Quel a été le déclic qui vous a mené là où vous êtes ? »

« Pourquoi vous lancez-vous autant de défis ? »

« Pourquoi cherchez-vous continuellement à vous dépasser ? »

Je trouve intéressant d'y répondre, mais ce que j'apprécie par-dessus tout : c'est l'échange. Je partage ma vision, c'est ma vérité à moi, mais pas forcément celle des autres. En interrogeant chacun aussi sur sa propre vie, on s'inspire ensemble et ça permet de se connecter avec soi-même et de trouver ses motivations profondes.

Je vous invite d'ailleurs à faire l'exercice des cinq « pourquoi », méthode anglaise plus connue sous le nom des « *5 why* ».

Posez-vous une question, par exemple : « Pourquoi je fais ce métier... ou telle action ? » Et à chaque réponse, reposez-vous la même question : « Mais pourquoi je veux ça ? » Vous finirez par arriver à votre pourquoi et ce qui vous anime au plus profond de vous.

Mais j'en reviens à ces fameuses questions que l'on me pose souvent. Et voici ma réponse : « Je fais tout ça parce que je veux me sentir vivant ! »

C'est véritablement pour cette raison toute simple, en apparence, que j'ai mille projets et que je ne cesse de me lancer des défis. Je ne réussis pas tout ce que j'entreprends, vous savez. Je perds aussi. Des matchs, mais pas que. Dans la vie, aussi. Et quand je tombe, oui, j'ai mal. Comme tout le monde. Mais si j'ai mal, si je ressens la douleur, qu'elle soit physique ou morale, c'est bien parce que je suis en vie !

C'est le sentiment d'être vivant qui me pousse à me relever, à passer par-dessus la douleur et l'échec. Je veux réussir et montrer à la vie que je suis là, qu'elle n'en a pas fini avec moi, et que c'est moi qui déciderai quand partir.

Transformer

Et sur cette vie, j'ai une mission. Je veux qu'ensemble, nous construisions des solutions pour une meilleure tolérance. Et ces Jeux olympiques et paralympiques ont aussi cette faculté à unir les cultures et les différences grâce au sport ! À quoi bon différencier les visibles des invisibles ? Nous sommes des humains, nous avons toutes et tous nos histoires, nos blessures, nos réussites, nos échecs et nous sommes vivants. Il y a un véritable besoin d'égalité certes, mais d'équité surtout. Moi qui ai un sens assez fort de la justice, je suis déterminé à faire ma part en ce sens.

Avoir eu un cancer à l'âge de dix-sept ans m'a finalement aidé. Je n'avais encore rien vécu et je ne voulais pas mourir. Ce fut mon premier vrai combat. Je me suis battu pour vaincre mon cancer, j'y suis parvenu et aujourd'hui, je compte bien profiter de tout ce que la vie m'offre.

Comment ? En saisissant toutes les opportunités que je me crée ! Je suis le principal acteur de ma vie, je décide de ce que je veux qu'elle m'apporte.

Mais pour en arriver là, il a fallu que j'accepte mon handicap et que je ne le considère plus comme une faiblesse et quelque chose que je devais cacher. Et j'ai réussi.

Alors, j'ai ressenti le besoin de dire aux autres, à toutes ces personnes en situation de handicap invisible : « Vous n'êtes pas toutes seules. Prenez le chemin de l'acceptation et vous verrez qu'il vous mènera à de belles et grandes choses, vous aussi ! »

Je rêve aussi qu'on porte un autre regard sur le handicap d'une manière plus générale, et qu'on arrête de considérer comme handicapées seules les personnes ayant des problèmes d'accessibilité. Je ne me suis jamais reconnu dans ces personnes-là, et pourtant, j'ai bien un handicap !

Notre pays compte douze millions de personnes en situation de handicap. Et sur ces douze millions, neuf millions de personnes sont porteuses d'un handicap invisible. Neuf millions ! J'imagine que ce chiffre vous surprend, il m'a surpris, moi aussi !

Finalement, tous ces chiffres, toute cette période Covid où il a fallu que je me réinvente, et toutes ces prises de conscience me façonnent petit à petit. C'est une bonne chose, même si sur le moment, je ne le vis pas bien. Et d'ailleurs, parmi les glissements de terrain les plus perturbants, il y a eu les Jeux paralympiques de Tokyo. Ce fut indéniablement l'une des leçons les plus marquantes et les plus transformantes. Il faut que je vous raconte cela en détail, car c'est gravé en moi.

Les JO de Tokyo, un tournant marquant

Pour se resituer, on est en 2019, je suis en pleine qualification pour les Jeux de Tokyo, et je me sens prêt sportivement à viser les premiers Jeux paralympiques de para-badminton. Je prépare ce rêve depuis quatre ans et j'ai toute l'équipe du Creps – coach, préparateur physique, centre de santé – qui m'encadre et fait tout pour me préparer au mieux à cette échéance. Si je peux avoir cette prise en charge gratuite de toutes ces personnes, c'est parce que je suis dans le top 8 mondial et que je fais partie de l'équipe de France.

Je suis au maximum de ma préparation, personnellement, professionnellement, sportivement. Tous les aspects de ma vie fonctionnent à plein régime. Je suis optimiste, il reste une dernière compétition et je suis sixième mondial dans ma catégorie avant ce dernier tournoi.

Malheureusement, la pandémie du Covid-19 s'abat sur le monde juste avant cette compétition. La compétition est annulée.

Tout d'abord, je saute de joie, car ça veut dire que je suis qualifié pour les Jeux, mais quelques semaines plus tard, la BWF (Badminton World Federation) annonce que les Jeux olympiques et paralympiques sont reportés à l'année suivante. Au-delà du report, et de l'allongement d'un an de plus dans ce long marathon de qualifications, nous ne savons pas comment elle va se finir. Est-ce que l'on va faire cette dernière compétition ? Et le couperet tombe : il y aura bien une dernière compétition, elle aura lieu en Espagne au mois de février 2021.

J'ai cette chance d'avoir cette dérogation après le premier confinement pour pouvoir sortir et m'entraîner tous les jours. Je fais mon maximum, mais malheureusement, cette dernière compétition ne se passe pas bien. J'ai pourtant tout donné, j'ai même fait le plus gros et long match de ma carrière avec une heure et trente-six minutes de match, c'est énorme, j'avais des crampes partout dans le corps, mais cela n'a pas suffi. Je termine à la septième place du classement mondial à la fin de la qualification.

On est au mois de mars, la qualification est terminée. Je dois attendre le mois de juillet pour savoir si oui ou non, je suis repêché via une commission. Pendant toute cette période, je m'entraîne pour préparer au mieux les Jeux dans l'espoir d'être tout de même sélectionné. Je pars en vacances en famille sur l'île de Ré, dix jours pour décompresser, fin juin. Et le verdict tombe juste le dernier jour des vacances.

Transformer

« Mathieu, tu ne feras pas partie du voyage, ils retiennent seulement les six meilleurs mondiaux, pas de Français en simple dans la catégorie SL3. » Mais surtout ça veut dire que mon rêve est terminé.

C'est une immense déception qui me marquera à jamais, une déception si forte que mon monde s'écroule.

Si je devais donner une image à ce qui m'arrive... Imaginez que vous courez un marathon. On est sur la fin de la course, et à quelques mètres de l'arrivée, au bout de la ligne droite, quelqu'un vous dit :

— Stop, vous ne pouvez pas franchir la ligne.

— Si. Je veux la franchir, je ne viens pas de courir 42 km pour ne pas la franchir, cette ligne d'arrivée !

— Si vous voulez vraiment franchir cette ligne, il va falloir faire demi-tour et refaire ces 42 km.

— Comment c'est possible ? Je ne peux pas, je n'ai pas la force.

Voilà dans quel état je suis à ce moment-là : à terre, sans ressources ni énergie pour me relever.

Ce cocktail explosif d'injustice, de fatigue, de colère, de frustration a été violent pour moi. J'ai eu du mal à l'accepter, en effet. Mais comme j'ai déjà connu certaines phases difficiles dans ma vie, mon cerveau a acquis certains automatismes. Là, vous comprendrez que le déni n'a pas lieu d'être, j'étais face au mur. Je ne pouvais pas nier que je ne pouvais pas avancer.

Donc la colère s'est tout de suite imposée. Il n'y a plus rien qui ait de sens. Je suis anéanti.

Malgré tout, je tente de me relever. Il le faut bien. Et c'est comme ça que je suis. J'ai besoin d'action pour me sentir vivant. Alors, j'essaye de sortir la tête de l'eau et je chope chaque bulle d'air que je peux pour ne pas me noyer : *De toute façon, ces Jeux ne seront pas fous avec le Covid, il n'y aura pas de public.*

Et puis, je reçois énormément de messages de soutien. C'est là que l'on voit que ce rêve est aussi un vrai partage humain. Que l'on gagne ou que l'on perde, mes proches sont là pour vivre avec moi ces émotions.

Dans tous ces messages, certains vont me marquer plus que d'autres, et par exemple celui-ci : « Si tu n'as pas pu faire ces Jeux, c'est que c'était écrit, tu avais quelque chose de plus grand à faire. »

Cette phrase a résonné en moi et a créé un électrochoc.

Un peu comme si j'avais eu un coup de défibrillateur pour me ramener à la vie.

Et si le fait de ne pas faire ces Jeux n'était pas la leçon ou l'étape de plus que je devais franchir ? Que j'avais un rêve encore plus grand et que cette épreuve allait m'aider à gravir cette montagne encore plus haute ?

Transformer

C'est avec cette image en tête, de défis encore plus hauts, que je me relève d'un pas décidé : mon plus grand rêve sera de faire les Jeux de Paris 2024. Je suis prêt à faire ces 42 km dans l'autre sens.

Je retourne à l'entraînement, après l'annonce de ma non-qualification, une semaine après seulement, et j'élabore le plan parfait. Dans deux mois, juste après les Jeux paralympiques, ont lieu les Championnats du monde. Je suis persuadé que les joueurs qui auront fait les Jeux n'auront pas la tête à cette échéance, alors je m'entraîne comme un fou pour saisir cette opportunité. Me voilà avec un nouveau projet, un but à atteindre, ce qui reste vital pour mon équilibre, aussi fragile qu'il soit, comme le partage Émilie :

« Au début, je ressentais un certain flou dans son projet et la manière dont il voulait s'y prendre. Cela dit, je l'ai poussé à s'inscrire au badminton, à jouer avec ses pairs, je l'ai encouragé dès le départ.

Il s'est rendu compte qu'il avait sa place et qu'il y avait matière à évoluer. Au départ, c'était plus un "à-côté" et ça a pris de plus en plus d'ampleur, ça prenait de plus en plus de place.

Plus le temps a passé, plus nous avons subi les conséquences d'un tel projet sur notre vie de famille et dans notre couple. Les entraînements passaient en priorité, il y avait beaucoup de déplacements, parfois très longs. J'ai alors pris le relais et la gestion des enfants, avec une charge mentale importante qui en a découlé. La moindre difficulté qui impactait son projet, nous impactait tous avec toutes nos émotions. »

Mais là encore, je dois rapidement faire face à une nouvelle déception : ils annoncent juste avant les Jeux que ces championnats n'auront pas lieu finalement, à nouveau à cause du Covid.

Me voilà sans challenge à relever, sans rien qui puisse m'aider à me projeter, à me dépasser.

Je continue à jouer au badminton pour m'entretenir, mais sans réelle motivation.

J'appréhende le visionnage de ces fameux Jeux de Tokyo. Comment vais-je les vivre ? Dois-je même les regarder ? Puis, je décide de prendre une posture professionnelle, de mettre un peu de distance. C'est une énorme déception pour moi, mais malgré tout, je vais les regarder et analyser ces événements pour me remettre en question et avancer. Cependant, il m'a été impossible de voir les épreuves de para-badminton. Trop douloureux à regarder. J'étais content pour mes amis qui y étaient, mais c'était trop dur de ne pas y être, j'avais cette double émotion qui me tiraillait.

À ce moment très douloureux, encore une fois, je remets en doute mon choix de sport. Je prends le temps. Je découvre même d'autres sports, car je ne savais pas si, finalement, j'étais fait pour le badminton. Il fallait que je voie d'autres choses. Et en phase

Transformer

dépression, il y a cette inquiétude, cette remise en question profonde : quel sens je donne à mon sport initial ? Qu'est-ce que j'en fais ? Comment je transforme toute cette énergie en moi ? Le badminton était-il judicieux pour moi ? Alors, je regarde ces Jeux paralympiques d'une autre manière : quel sport pourrait me permettre de performer avec mes qualités athlétiques, grand et endurant ? Je découvre deux sports auxquels je n'avais jamais pensé : le para-aviron et le volley assis.

Dès lors, de septembre à décembre, je teste ces deux nouveaux sports. Je trouve deux clubs proches de chez moi, un à Boulogne pour le para-aviron et l'autre à Issy-les-Moulineaux pour le volley assis.

Je découvre les spécificités et les difficultés, j'aime beaucoup ce que je découvre et je contacte les sélectionneurs de chaque sport afin d'en savoir plus sur le haut niveau. Je suis convié à un stage de volley assis avec l'équipe de France juste avant qu'elle ne décolle pour les Championnats de France. Je rencontre alors une équipe soudée, des personnalités formidables et aujourd'hui même, nous continuons de nous suivre, mais je ne donne pas suite à l'aventure, car je me rends vite compte que le niveau paralympique est bien trop élevé ! L'équipe de France termine seizième et à la dernière place de ces Championnats d'Europe. Moi qui les trouvais très forts durant ce stage ! Ils ne le sont pas assez face à d'autres pays qui excellent en volley ! J'en conclus que ce sport ne me permettra pas de faire carrière. En outre, cette équipe est jeune et en pleine construction, et mon projet, lui, est à court terme. Ce serait totalement déplacé pour cette équipe, que je respecte, que je continue dans ce sport. Je parle de tout ça à l'époque, car je sais aujourd'hui qu'ils progressent énormément avec une dixième place au Championnat du monde et j'espère les voir briller aux Jeux à Paris parce qu'ils sont qualifiés avec le quota de pays hôte.

Ensuite, je fais un stage de détection en para-aviron, je me classifie aussi dans la catégorie PR3 (catégorie la plus légère en termes de handicap), j'accroche énormément avec cette discipline, car elle demande beaucoup de rigueur, d'endurance, de cardio, de technicité, tout ce que j'ai acquis et que je retrouve dans le badminton. Par conséquent, durant les mois qui suivent, je tente de cumuler le badminton et l'aviron. Je fais même les Championnats de France de para-aviron *indoor*, où je termine deuxième dans la course sprint (cinq cents mètres). Mais je m'aperçois en mars 2022 que cela ne m'est pas possible de cumuler les deux sports à haut niveau, que les calendriers internationaux du para-aviron et du para-badminton se chevauchent. Je reviens donc à mon choix initial, celui qui a toujours été dans mon cœur, le para-badminton, pour préparer Paris 2024.

Finalement, toutes ces péripéties ont eu du bon pour mon parcours. Je m'aperçois que je m'étais tracé tout un chemin, certes très ambitieux, mais limité à une seule voie. Pour moi, je devais concourir aux premiers Jeux paralympiques de para-badminton à Tokyo en 2020 et finir à Paris en 2024. Mais comme la vie en a décidé autrement, moi aussi, je ferai autrement. Je ne me limite plus !

Et cette liberté d'être et d'agir, je l'incarne. Ce sont mes valeurs. C'est mon rêve. Je vais tout faire, tout donner pour jouer à domicile. Je sais que je n'ai pas joué à Tokyo parce que le destin/l'Univers voulait me tester. Et qu'il me réserve quelque chose de plus grand : vivre le plus gros événement sportif international dans mon pays. Rien que d'imaginer jouer aux côtés d'autres amis de différents sports me remplit de joie, car c'est un vrai moment de communion. Parce que oui, le rêve de médaille est précieux. Mais tous ces moments de vie qui construisent ce rêve le sont d'autant plus. Alors oui, Paris 2024, l'année de mes quarante ans, je vais tout faire pour te faire rayonner.

Road to Paris 2024

Maintenant, je suis concentré sur le sport : le para-badminton et sur Paris 2024. J'analyse et j'apprends de Tokyo. Qu'est-ce qui n'a pas bien marché ? Qu'est-ce que je dois améliorer ?

Premièrement, ce qui a pêché à un certain moment de ma qualification pour Tokyo, c'est l'aspect physique. Ma catégorie s'est encore développée et mon dernier match de qualification le montre bien ; je dois avoir une préparation physique irréprochable pour tenir le fameux une heure trente minutes de match.

Toute ma préparation physique se faisait avec le collectif jeune du Creps et ne m'était pas spécifique. La révolution a donc été d'avoir les services d'une préparatrice physique dédiée et c'est Claire qui travaille déjà au Creps qui m'accompagne désormais trois heures par semaine.

Ensuite, le deuxième constat, c'est que j'ai trop de fois été bloqué mentalement, soit par peur, soit par des pensées limitantes. Il y a trop de choses liées à la préparation mentale. Je prends donc les services d'Éric, coach et préparateur mental, afin qu'il travaille avec moi tous les aspects qui m'ont bloqué en 2020 et qu'il me permette d'avoir une autre vision des choses sur la manière dont je dois envisager mes matchs, les préparer, les réaliser et accueillir le résultat, quel qu'il soit. Il m'apporte ainsi des conseils qui sont précieux pour moi et que je peux appliquer dans tous les domaines de ma vie.

Et pour terminer, le troisième constat, c'est que mon coach qui m'entraîne au quotidien ne pouvait

Transformer

pas se déplacer sur l'ensemble des compétitions internationales durant ma qualification à Tokyo. En effet, Michel ou l'un des entraîneurs de son équipe, Clément et Fabrice, devaient s'occuper du pôle Espoir, et c'est leur mission première. Alors, j'ai cherché une solution, partir du pôle pour trouver un entraîneur dédié à 100 % : difficile de trouver un entraîneur compétent et libre à temps plein, mais à 50 % du temps, oui. C'est comme cela que j'ai construit le projet d'entraînement 2024, la moitié du temps le matin avec mon entraîneur Florent et mon club d'Issy-les-Moulineaux, et l'autre moitié au Creps avec Michel et son équipe. Je me suis rendu compte que j'avais un réel besoin d'accompagnement personnalisé, ce qui fait que j'ai envisagé d'avoir un coach qui me suive sur chaque compétition à l'international. Car quand je réalise le chemin parcouru, je me dis que c'était vraiment nécessaire.

Michel : « Quand on a commencé ensemble, dans un premier temps, je ne pensais pas à Tokyo, mais à comment travailler avec Mathieu, avec le groupe au quotidien. Le premier match que j'ai vécu avec lui en compétition, c'était à Ankara où il a joué contre le meilleur mondial. J'ai ressenti une excitation de dingue, ce qui a confirmé ma motivation pour l'accompagner pour les Jeux paralympiques de Tokyo. Donc, on met les choses en place sans révolutionner notre quotidien, ça s'est fait naturellement. Mais je me souviens qu'au Pérou, ça ne s'est pas passé comme on l'aurait souhaité. Le tirage contre des joueurs plus forts a rendu les matchs compliqués par le stress que ça a généré, nous étions tous très déçus, car ça compromettait la qualification pour Tokyo. Et là, le Covid arrive, les échéances sont reportées, c'était une période de flou qui a été difficile à gérer. Et quand tout revient à la normale, l'ultime tournoi pour se qualifier ne passe pas. Il a tout donné avec un gros match, il y est allé déterminé, on sentait qu'il voulait en découdre. C'était vraiment dommage.

Alors quand on apprend qu'il n'est pas qualifié, évidemment, c'est une grosse déception. On ne sait pas comment rebondir, c'est une période de vide, il n'y a pas d'objectif de tournoi. C'était tout nouveau pour moi, sur le moment. Je comprends, je prends conscience des enjeux de la course aux paralympiques. La problématique, c'est que les meilleurs mondiaux, le top 5 est vraiment très ancré en termes de niveau. C'est super dur de constater que l'évolution est forte pour tout le monde, et que c'est dans les détails que se joue la différence.

Passé cette période, Mathieu me parle de son rêve et de continuer jusqu'à Paris 2024. Aussitôt, je lui réponds : "Pas de problèmes, on va au bout, j'en suis."

On analyse ce qui n'a pas fonctionné, on réfléchit sur nos axes d'amélioration. On veut continuer l'aventure avec les moyens dont on dispose, qui ne sont pas suffisants pour Mathieu, on en a conscience, notamment de ses besoins individuels. J'ai réfléchi aux solutions avec ses contraintes personnelles, c'est là que l'accompagnement de Florent intervient à 50 % pour le faire progresser davantage en jeu, en technique.

Mais tout ne se passe pas comme on l'aimerait, et en février 2023, Florent n'accompagne plus Mathieu. Je me suis dit qu'on allait s'adapter, qu'il fallait qu'on garde espoir et qu'on devait faire évoluer notre accompagnement en modifiant nos séances. L'enjeu ? Il fallait qu'il joue, qu'il apprenne à gérer les émotions dans le jeu, qu'il fasse des matchs pour le perfectionner. En cela, je sens qu'il y a une vraie différence entre le niveau de Tokyo et Paris. Tout ça malgré une année 2023 très complexe. La perte de Florent a été difficile, puis il y a eu des blessures à gérer d'avril à août. Mais il a su se relever, de manière assez impressionnante, je dois dire.

Alors oui, j'ai confiance en Mathieu. La prochaine échéance, ce sont les Championnats du monde en Thaïlande et ils sont accessibles. On va le faire parce que nous avons un gros mois d'entraînement intense. Son rêve doit se connecter à son jeu, il doit réaliser tout ce qu'il a mis en place pour être performant dans le jeu, continuer d'être pleinement lui-même, naturellement, et c'est ça qui va le faire se réaliser. De nouveau, tout se joue dans un mouchoir de poche, et sur des détails (les tableaux, les blessures, un état de fatigue, etc.).

J'ai cette énergie, car c'est lui qui me la transmet. C'est pour ça que je fais ce job. Le goût du challenge, de la sélection, de la qualification.

Son rêve de Jeux, je le vis par procuration, son excitation, son énergie, ses émotions.

Imaginer la cérémonie, les Jeux, une *Marseillaise*, ça me fait rêver ! O.K., mon pragmatisme d'entraîneur me permet de revenir à la réalité sur la manière de construire son rêve. Mais j'y crois. On a décidé qu'on allait à 2024, on ira, je ne le lâche pas, on va tenter le coup jusqu'au bout. »

Mon rêve, comme vous le voyez, est partagé, on vit cette aventure humaine au-delà du sport. Mon projet sportif tient aussi son équilibre avec toute mon activité d'entrepreneur qui le fait vivre. Ce que j'expérimente est tellement précieux et unique que ce que je gagne dans mes conférences, je le réinvestis aussitôt au service des messages que je porte, à travers ce rêve de Jeux. L'intention est là, les objectifs sont clairs et pour maintenir cet équilibre, j'ai besoin de m'entourer, de compter sur des personnes de confiance, aux missions complémentaires.

Premièrement, la communication. J'ai bien conscience que cela me demande du temps et j'ai envie de bien faire les choses. Ma vision, c'est quelque chose du genre : *Tu le fais bien ou pas du tout*. Alors vu que je veux encore monter d'un cran sur ce poste, car c'est un enjeu majeur pour trouver des partenaires et sponsors, je recrute pour la première fois deux alternants préparant un master en management du sport. Tout d'abord, Melchior, chargé de la communication ainsi que de la prospection commerciale, puis Paul sur la création de contenus photo et vidéo.

Alors pourquoi des alternants ? Tout d'abord, l'aspect financier : avec les aides de l'État, un alternant est financièrement moins engageant. Mais cela demande beaucoup de temps en management et en apprentissage, car oui, ils sont là aussi pour apprendre.

Dans tous les cas, ce choix fait aussi écho à deux choses précieuses pour moi. La première, la transmission auprès de la jeunesse, j'apprends énormément d'eux aussi, sur leur fraîcheur, leurs codes, j'évolue à leurs côtés. Mais aussi répondre aux besoins humains d'une communication plus authentique et fidèle aux messages que je veux transmettre.

Ensuite, j'ai renforcé mes liens avec Armand et Paul pour construire et organiser mieux les projets qui se multiplient. Ils m'aident également à manager les jeunes quand je suis à l'entraînement ou en compétition.

Et puis, j'ai renoué avec Manon, attachée de presse qui était aussi dans le haut niveau jeune en badminton et qui s'entraînait même au pôle Espoir d'Île-de-France quand je ne jouais pas encore au badminton. Pendant les Jeux de Tokyo, nous avions travaillé un peu ensemble pour m'aider à mettre en lumière mes actions et mon histoire afin de transmettre davantage mon message sur le handicap invisible. J'avais besoin de redonner une place importante pour Paris sur ce qui valorise les messages et les actions auprès des médias. Elle contribue ainsi à mettre en avant mes sponsors, mes projets, mes prises de position pour poursuivre dans cette volonté de partage au plus grand nombre.

Manon nous confie : « J'ai rencontré Mathieu lorsqu'il a contacté mon ancienne agence de relations presse. C'est moi qui me suis occupée de lui, comme je connaissais bien le badminton. Puis on s'est retrouvés au Creps et je me suis intéressée à lui, à son histoire. C'est là que j'ai appris pour sa situation de handicap, sujet que je connaissais déjà.

En effet, ma belle-sœur est depuis quelque temps en situation de handicap. Nous l'avons pas mal aidée, on a vu la transformation et à quel point l'acceptation est difficile. J'ai beaucoup d'estime et d'admiration pour les personnes en situation de handicap. En étant valide, on ne se rend pas compte de ce qu'on pourrait faire ou pas si nous étions dans ce cas. Alors ça nous permet de réaliser la chance que l'on a au quotidien, réaliser qu'il y a plus grave dans la vie. Et aujourd'hui, je m'aperçois qu'il y a plus de personnes en situation de handicap que je ne le pensais, qu'on a tous finalement des petits handicaps en nous, et que la tolérance commence au moment où l'on considère la personne sans jugement car ça ne se voit pas, on ne peut pas le deviner et imaginer ce que la personne vit au quotidien.

Alors quand nous avons commencé à travailler ensemble, j'ai tout de suite compris le besoin de Mathieu car je connais très bien le milieu du badminton, qui est compliqué à gérer parce que tout le monde se connaît, il y a beaucoup de non-dits, beaucoup d'égoïsme. Lui, il avait ce besoin de faire passer des messages, mettre en avant le handicap invisible de par son histoire. Je le considère vraiment comme un travail réparateur pour chacun. Donc on s'est connectés par le badminton et le côté humain qui m'est très cher.

J'ai beaucoup appris sur la manière d'aborder le handicap dans mon métier, ne serait-ce que sur le vocabulaire à utiliser pour et dans les médias qui peuvent stigmatiser les personnes concernées. Travailler à ses côtés est motivant car son histoire de résilience touche beaucoup les médias. Ils découvrent un humain qui a un rêve, qui ne l'a jamais abandonné, qui est obstiné, qui crée son propre chemin, son propre destin. Son parcours de vie intéresse aussi par la pluralité de ses vies, tant le côté paternité que entrepreneurial, et évidemment sportif avec les jeux de Paris 2024. »

Rêve de je(ux)

Le cumul de tous ces projets avec les compétitions chaque mois à l'étranger, commençait à devenir compliqué à gérer tout seul. J'avais besoin d'aide, et j'allais exploser tout seul, alors deux cerveaux pour le faire, c'est mieux ! C'est là qu'intervient Tiffany qui, au moment où j'en ressentais le besoin, a proposé ses services afin de m'accompagner sur la partie « pilotage » de tous mes projets. Faire le lien entre les agents, mon planning, les besoins médias, manager les alternants, en somme réaliser toute action nécessaire pour permettre d'avancer pendant que je suis en compétition. Cela m'a permis d'alléger la charge mentale et de me concentrer sur cet aspect sportif.

Il se trouve qu'avec la complémentarité des parcours de toute mon équipe et de moi-même, la richesse de nos différences fait que ce qui nous rassemble, c'est ce qui nous ressemble. Et dans notre cas, cette *dream team* comme je l'appelle (« équipe de rêve » en français, il n'y a pas de hasard), si elle fonctionne aussi bien, c'est parce que nous sommes tous ancrés sur nos valeurs fortes de respect, de bienveillance et de passion. Nous œuvrons tous avec ce sens empathique de l'humain, où chacun a sa place, chacun s'exprime librement, et ça se fait naturellement. L'intelligence collective qui en ressort est assez magique. Notre unité et notre engagement pour une société plus inclusive et tolérante font partie de nos actions individuelles quotidiennes. Et quand on se met autour d'une table et que l'on rassemble nos idées, cela donne naissance à des projets où chacun s'identifie. Je suis fier d'être si bien entouré, ça me complète, me motive et me pousse vers le haut, toujours plus haut.

Au final, pour ces Jeux paralympiques de Paris en 2024, on est dix sur le projet, deux salariés et six collaborateurs en free-lance. Je suis devenu par la force des choses un véritable chef d'entreprise. Il faut dire que l'enjeu est de taille : vouloir apporter un nouveau regard en saisissant l'opportunité de visibilité des Jeux paralympiques de Paris. Un merveilleux challenge.

Les enjeux des Jeux

Ces Jeux paralympiques peuvent être un véritable accélérateur, j'en ai vraiment conscience. Le porte-voix dont le handicap invisible a besoin.

Les Jeux de Londres, en 2012, ont été un bouleversement pour la visibilité du handisport. Le Royaume-Uni a su montrer et rendre visible cette partie-là des Jeux, que ce soit en Angleterre ou dans le monde. Désormais, dans ce pays, les athlètes du handisport ont toute leur place dans le monde de la compétition et du sport en général. Aujourd'hui, avec les Jeux olympiques et paralympiques de Paris, notre pays a l'opportunité de faire de même.

Je pense que l'État, les institutions et les médias ont la responsabilité de se saisir de cette occasion unique et prestigieuse de faire changer l'image du handicap. Leur pouvoir public joue un rôle majeur et essentiel dans le financement et la communication. Ils peuvent faire avancer les choses, et contribuer à ce que le regard de la société sur le handicap évolue.

Nous devons donner aux athlètes handisports les moyens de performer dans les meilleures conditions possible. En effet, avant même que je ne vous parle d'être athlète handisport, encore faut-il pouvoir intégrer le handisport.

Aujourd'hui, l'une des problématiques majeures soulevées est l'accessibilité des structures et équipements sportifs, mais également le manque de formation des coachs et des associations sur le sujet du handicap. En ce sens, une initiative a été lancée par le gouvernement qui s'appelle Club inclusif, et qui permet aux clubs qui le souhaitent d'accueillir des personnes en situation de handicap. Aujourd'hui, seul 1,4 % des clubs se dit en capacité d'accueillir. Cela ne permet donc pas aux personnes concernées de se projeter dans un sport si elles savent que rien n'est adapté et/ou adaptable pour elles.

Le dispositif permet aux collectivités locales de renforcer le nombre de clubs inclusifs sur leur territoire. Il y a un vrai enjeu économique, social et solidaire. En moyenne, il faut qu'une personne en situation de handicap parcoure 50 km pour trouver un club. À cela s'ajoute l'ensemble des contraintes au quotidien, notamment les déserts médicaux par exemple.

Et enfin, évidemment, les pratiquants. Il faudrait également les sensibiliser à la tolérance et à l'acceptation de cette singularité, le handicap, première source de discrimination en France (toutes ces informations sont à retrouver sur www.club-inclusif.fr).

L'enjeu de l'accueil sportif en France à toutes et tous est primordial puisqu'il s'agit d'un vecteur de cohésion sociale. Pour les personnes en situation de handicap, cela compte beaucoup de se sentir intégré, inclus, accueilli et utile dans une communauté pour ce qu'on est et non ce qu'on représente.

C'est également un vecteur de santé publique, où le mouvement permet de renforcer les défenses immunitaires, lutter contre l'obésité, apporter un meilleur sommeil, et j'en passe.

Face à cette réalité dans notre pays, beaucoup d'athlètes de haut niveau ont alors progressé en milieu « ordinaire », avec des personnes dites « valides », donc dans des conditions classiques et non adaptées. Puisqu'elles étaient en compensation/sur-adaptation permanente, les structures n'ont pas suivi ce besoin particulier.

Rêve de je(ux)

L'enjeu véritable de ces Jeux paralympiques est de révéler en quoi les structures adaptées permettront une meilleure performance en respectant le bien-être et les besoins des personnes concernées. On a tous le droit d'avoir un espace adapté pour faire du sport à côté de chez soi. Ça devrait même être considéré comme un besoin primaire au même titre que l'accès à l'eau potable ou à l'éducation. Faire du sport, ce n'est pas un loisir, c'est un enjeu de santé publique.

Je suis certain qu'en se mobilisant tous en tant qu'athlètes, en valorisant ces sujets lors de nos prises de parole notamment, nous pourrons contribuer à faire évoluer les choses.

Il y a donc cet enjeu de l'accessibilité aux clubs sportifs, mais pas que.

L'accessibilité des transports est un réel sujet.

Bien que tout de suite l'on puisse penser aux personnes en fauteuil roulant – et le terme utilisé est PMR, c'est-à-dire Personne à mobilité réduite –, cela concerne en fait toute personne qui, par exemple, aurait besoin de béquilles suite à un accident. Cela concerne aussi, bien évidemment, les personnes âgées qui ont davantage de besoins, de par leur fatigabilité et/ou leurs douleurs. Et vous comme moi, on a entendu beaucoup de débats sur ce sujet pour l'accueil à Paris de tous les pays du monde lors de cet événement international.

Transformer

Il y a déjà des avancées réalisées par la RATP. Par exemple, le « Pass Paris Access » permet de voyager gratuitement sur l'ensemble du réseau parisien.

Il y a aussi, notamment pour les personnes ayant la maladie de Crohn, une maladie intestinale, ce qui s'appelle « urgence toilettes ».

Il y a aussi des adaptations réalisées pour les personnes sourdes ou malentendantes.

Les supports de communication sont réalisés avec la méthode Falc (Facile à lire et à comprendre) pour les personnes ayant des troubles dys.

Mais malgré tout cela, il y a encore beaucoup trop de lignes de métro qui ne sont pas accessibles. Alors oui, je comprends que le réseau soit difficilement modifiable, cela nécessiterait tellement de travaux et aurait un impact financier trop important. Mais nous pouvons réfléchir à d'autres solutions, à trouver des solutions d'innovation. Par exemple, la marque Omni propose aux personnes étant en fauteuil roulant de s'équiper d'une trottinette électrique afin de faciliter leur déplacement. C'est utile, je pense, d'en parler.

En réalité, on a tous la possibilité d'œuvrer à sa manière, notamment en soutenant les Jeux paralympiques. Se procurer des places pour cet événement mondial, c'est rencontrer des histoires, des parcours uniques. C'est aussi ouvrir son esprit à des valeurs fortes comme l'équité, la persévérance, le dépassement de soi, la tolérance et l'inclusion.

Rêve de je(ux)

C'est réaliser que nous pouvons toutes et tous nous inspirer de chacun pour améliorer nos vies respectives.

C'est aussi se rendre compte que tout est possible. Que nous pouvons utiliser les épreuves de nos vies pour les transformer en challenge d'une vie différente certes, mais passionnante. Passionnante par les choix qu'elle amène, les rencontres qu'elle provoque, par l'audace que cela nous conduit à avoir pour se dépasser chaque jour.

C'est ça, pour moi, découvrir les Jeux paralympiques en tant qu'humain.

Et je pense que l'un des enjeux à travers cet événement est un réel outil de sensibilisation grand public. Des plus petits aux plus âgés.

C'est, je pense, une merveilleuse occasion de construire notre héritage de ces moments de vie tous ensemble.

C'est grâce à cet événement que l'on peut montrer, à travers les histoires de chacun, la transformation possible des moments difficiles. Faire briller celle-ci par le biais d'actions que l'on n'aurait pas été capable d'imaginer avant, tellement ça nous paraissait inaccessible.

Et si, grâce à votre singularité, vous pouviez vivre des choses incroyables ?

C'est ce que mon cœur, en tout cas, a compris et souhaite partager !

Au-delà d'un pourquoi personnel, c'est un moteur qui devrait à mon sens nous animer collectivement.

Voilà pourquoi j'œuvre à rassembler toutes ces activités dans mon quotidien. Cela a du sens, pour moi personnellement, mais c'est aussi d'utilité publique.

L'équilibre entre sport, conférences et famille

Tout est toujours lié, dans la vie. D'une façon ou d'une autre ! Le yin et le yang, le chaud et le froid, le feu et l'eau. L'équilibre, si on ne le trouve pas, on le perd, nous sommes d'accord. Et en le perdant, en étant déstabilisé, on ne trouve plus ses repères, on est dans le flou. On manque de clarté, et donc de visibilité, ce qui ne nous permet pas d'avancer aussi loin qu'on l'aimerait.

L'équilibre réside dans plusieurs éléments qui le constituent. Premièrement, l'environnement dans lequel on évolue. Se sentir bien chez soi, dans son cocon, c'est peut-être basique, mais tellement essentiel. Et puis, il y a les personnes qui partagent notre quotidien, qui font qu'elles vont nous apporter des ressources en amitié, en amour, en conseils, en soutiens. Sans ces relations humaines, grandir dans ses projets est plus difficile, je pense. Et quelque chose dont on parle peu, c'est l'équilibre émotionnel.

Rêve de je(ux)

Quand on gère plusieurs casquettes, il y a une forte intensité dans une même journée, de vraies montagnes russes. Comment les accompagner, ces émotions ? Les accueillir et les transformer pour qu'elles nous servent et qu'elles nous tirent vers le haut ?

Alors autant vous dire qu'il n'a pas été simple de trouver un équilibre entre ma vie professionnelle et ma vie personnelle ! Entre le sport, mes conférences et ma vie de famille. Dans ma vie de manière générale, finalement. Toutes ces vies sont liées, s'apportent mutuellement et ont un impact entre elles.

Mais si on prend la peine d'y réfléchir un peu, vie professionnelle et vie personnelle sont un peu comme des vases communicants. L'une impacte forcément l'autre, et vice versa. C'est d'ailleurs le cas pour bon nombre d'entre nous, mais plus que jamais pour des sportifs de haut niveau et je trouve qu'il y a beaucoup de ressemblance avec un chef d'entreprise.

Pratiquer un sport en tant que professionnel prend beaucoup de temps. Ce n'est pas juste un travail avec un nombre d'heures bien défini par semaine. Il faut ajouter aux heures d'entraînement ou de matchs, les déplacements et les stages. Il s'agit parfois de longs moments loin de la maison. Il arrive aussi que je sois plus près. En fait, c'est très aléatoire, car je dois me plier aux dates imposées par le calendrier des compétitions.

Transformer

C'est donc un choix de vie qui n'est pas toujours simple à harmoniser avec la vie de famille. Je ne suis pas toujours présent pendant les vacances scolaires de mes enfants, par exemple, alors que c'est un moment privilégié en dehors du quotidien pour passer des moments avec eux et laisser des souvenirs.

J'écris ce livre aussi dans le but que mes enfants le lisent, un jour, lorsqu'ils auront l'âge de le faire. Ils comprendront alors pourquoi leur papa n'était pas toujours là, pas toujours présent autant qu'il l'aurait voulu.

Ils réaliseront peut-être, je l'espère, que c'est aussi pour eux, pour qu'ils évoluent dans un monde où chacun trouve sa place, un monde de tolérance et de bienveillance. C'est aussi pour cette raison que je mène toutes les actions que j'entreprends aujourd'hui. Et que cela prend du temps et de l'énergie.

Et puis, je suis aussi entrepreneur, conférencier. Ça me permet de faire de nouvelles rencontres, de transmettre mon message au plus grand nombre. Mais alors, comment répondre aux sollicitations des entreprises, associations, collectivités dans cet emploi du temps déjà bien chargé ? C'est s'interroger, toujours, sur ce qui est juste pour soi, dans un premier temps, puis pour le reste des « vies », de mes activités. Par exemple, comment conserver son énergie l'après-midi en conférence, quand le matin j'ai eu une session d'entraînements et, qu'après, je vais récupérer les enfants à l'école ? J'ai une notion du temps particulière depuis mon cancer. Je le passe à l'optimiser, l'anticiper, comme si je jouais avec le temps pour me permettre de me sentir encore plus vivant. Comme si c'était vital pour moi de profiter de chaque instant le plus possible.

Alors oui, il n'est pas facile de concilier mon travail de sportif de haut niveau, d'entrepreneur et ma vie de famille. Au début, mes pensées s'orientaient vers ma famille, même lorsque je jouais. Et cela pouvait me déstabiliser ou me pénaliser, voire me déconcentrer.

Les personnes qui m'entourent désormais dans la pratique de mon sport font aussi qu'aujourd'hui, je me sens mieux, plus à l'aise et plus sûr de moi. Et pas seulement quand j'évolue dans le milieu du sport.

J'avais besoin de créer des relations de confiance et d'évoluer dans un environnement serein. J'ai réalisé qu'il me fallait des coachs autour de moi pour progresser. C'est assez récent, mais c'est maintenant chose faite.

Il est vraiment très important d'être bien entouré, et ce, par des personnes choisies en fonction de ce qu'elles peuvent nous apporter. Des personnes avec lesquelles on s'entend bien et qui partagent les mêmes valeurs que nous.

Vous en avez sûrement fait l'expérience, en sport ou dans un autre domaine : si vous avez derrière vous quelqu'un qui ne croit pas en vous, vous ne jouez pas bien, ou vous ne travaillez pas bien. Il n'y a pas de miracle !

À l'inverse, lorsque vous êtes entouré de personnes qui croient en vous et qui vous insufflent une bonne énergie, vous allez loin, beaucoup plus loin !

On néglige souvent l'importance de cet entourage. Comme si on prenait pour acquises les relations que l'on a. Nos parents ? Normal qu'ils nous soutiennent, car nous sommes leur enfant et qu'ils nous aimeront toujours ? Non, il n'y a rien de « normal ». Pareil pour les amis, les conjoints, les enfants. Tout a une valeur, un impact. Et peu importe si les mots, les gestes sont positifs ou négatifs, ils nous permettent de nous interroger sur nos aspirations profondes, sur ce que l'on veut et comment le mettre en place.

C'est pour cela que tous mes choix ont un sens. Et même si parfois ce n'est pas simple, je reste concentré autant que possible, et j'œuvre activement pour que le chemin soit quand même plutôt sympa au passage.

J'aide la chance

Lors de mes conférences, cela fait partie des messages que je souhaite véhiculer : faire tomber les barrières, repenser la notion d'échec, de douleur, mais aussi parler de positif, de réussites et d'avancées.

Transformer le négatif en positif. Transcender les échecs en réussites.

« Tu as tellement de chance ! »

Je l'entends souvent, cette phrase. Chaque fois que je réussis quelque chose, il y a toujours une personne pour me rappeler que j'ai de la chance. Mais ils ne voient pas le travail derrière. La partie immergée de l'iceberg. Ou de la montagne. C'est pour ça que pour contrecarrer cette fausse idée de chance, j'aime bien dire :

« Ce n'est pas que j'ai de la chance, mais plutôt que *j'aide la chance.* »

Un petit jeu de mots qui me parle beaucoup plus pour la simple et bonne raison qu'il place une forme de responsabilité dans la chance. Qu'on la provoque.

Comme on dit souvent aussi aux jeux d'argent, « 100 % des gagnants ont tenté leur chance ». Ils ont osé jouer, parier, prendre le temps d'aller à tel endroit pour inviter la chance. Mais s'ils ont gagné, c'est aussi parce qu'ils sont passés à l'action, et avec une énergie particulièrement positive à la base : l'espoir et l'amour. Ils sont un réel moteur pour passer à l'action et on le néglige beaucoup, je trouve.

Lors des voyages que je fais à l'étranger, je me rends compte que, dans d'autres cultures, les gens vivent avec cette conscience que ces deux valeurs ont un rôle majeur dans leur existence. Et que si elles veulent quelque chose, elles vont

Transformer

tout faire pour l'avoir, tant qu'il y a de l'espoir et de l'amour pour que la chance sourie. Et dans cet espoir, il y a cette prise de risque qui est cachée derrière son aspect positif. Quand on espère, on ne sait jamais vraiment ce qui va se passer. On se prépare à toute éventualité, même si l'optimisme est de mise. L'échec, c'est pareil. Quand on entreprend quelque chose, c'est pour réussir. Le risque, l'échec, ce sont des possibilités dont il faut avoir connaissance, et qui résultent des actions menées. Et plus nous sommes en phase avec nos valeurs, plus la chance intervient.

C'est un conseil que je vous donne, une clé de transformation, un moyen de voir les choses autrement, avec un autre prisme. J'espère que vous le retiendrez, et qu'il vous aidera dans cette phase de transformation, avant d'avancer vers vos rêves.

D'une autre manière : qui n'a jamais échoué dans la vie !? Voici une question que je pose souvent en conférence, mais surtout aux enfants dans les écoles. Et c'est intéressant, car ce sont toujours les plus jeunes qui lèvent la main spontanément et en premier. Et ce n'est pas un hasard : dès notre plus jeune âge, la société, l'école et par conséquent nos parents nous poussent à la réussite. Nous sommes programmés pour réussir, alors on se conditionne, on se dit qu'échouer, c'est mal.

Rêve de je(ux)

Alors, j'insiste, en les encourageant à se souvenir de la semaine qui vient de s'écouler. N'ont-ils pas connu un échec, même tout petit ?

C'est à ce moment-là que je précise que moi, eh bien oui, malgré les apparences de succès et de victoires, je le dis haut et fort : j'échoue tous les jours !

Généralement, le public est surpris par cette affirmation.

On me demande alors comment c'est possible, surtout en tant que sportif. Et pourquoi j'ai l'air de le vivre plutôt bien ?

Je peux donc entrer dans le vif du sujet et parler de l'échec comme faisant partie intégrante de l'apprentissage.

J'ai toujours cette image qui me vient de trois piles de livres. La première pile, la plus mince, est intitulée « Théorie » ; la seconde, avec trois, quatre livres, la « Pratique », et enfin la dernière pile avec une dizaine de livres, bien plus grande que les deux autres, intitulée « Échecs ».

Quel que soit le sport, la discipline ou le métier que l'on veut exercer, il y a toujours en premier lieu la théorie, que l'on apprend. Mais ça ne veut pas dire que l'on sait faire, alors on passe à la deuxième pile, la pratique. On teste cela, mais on se rend vite compte qu'il y a un monde entre la première et la deuxième pile et c'est là que l'on touche la troisième pile, l'échec. C'est comme cela que l'on apprend, et pour moi, c'est le meilleur apprentissage. On assimile trop nos échecs à des ratés qui nous font confondre notre valeur et nos erreurs. J'ai échoué, donc je suis nul ! Mais non, absolument pas !

Échouer est utile, je dirais même essentiel, pour s'améliorer. Tout particulièrement dans le milieu du sport. La réussite n'est pas forcément un enchaînement de victoires. Il s'agit plutôt d'une succession d'échecs et de succès. En fait, les échecs devraient être considérés comme des étapes permettant d'accéder à la réussite.

Ne jamais échouer, cela signifie manquer d'ambition et préférer faire du surplace plutôt que de progresser. Alors échouer, c'est plutôt bon signe !

Personnellement, je vis mes échecs ainsi : chaque fois que j'échoue, je fais le point et je me demande ce que je dois améliorer pour vraiment progresser. Je ne parle pas de grands changements radicaux, mais plutôt de petites choses, de petites étapes. Un pas après l'autre. Je ne cherche pas à gravir la montagne d'un coup.

Après, bien sûr, il y a aussi des échecs qui font mal. Nous en avons tous vécu, et lorsque nous venons de les subir, il est difficile de voir sur le moment ce que ça peut nous apporter.

Quand je sors de compétition et que j'ai perdu, là, j'ai vraiment besoin d'être seul. Pour me recentrer.

Rêve de je(ux)

Pour gérer ma colère, une grosse colère contre moi-même. Je peux envoyer valser tout le monde à ce moment-là. Je suis très loin d'être un grand sage, calme et serein, quand je perds, je dois bien l'avouer ! Mais je finis toujours par relativiser.

Alors, je préfère être seul et ne m'en prendre qu'à moi-même. J'attends de toucher le fond pour repartir ensuite, plus apaisé.

Vous voyez, je suis comme vous, avec mes émotions, mes doutes, mes victoires et mes échecs. Mes peurs, aussi. L'une d'elles, et c'est la raison pour laquelle je fais très attention, est de me blesser avant les Jeux paralympiques.

Mais la peur dont il faut se méfier est la peur elle-même. Car à se concentrer sur tous ces aspects négatifs, c'est comme si on attendait que ça se produise. Comme si presque, on pouvait la provoquer. Anticiper le pire, c'est se générer des énergies toxiques dans le moment présent et ainsi occulter tout ce qui pourrait nourrir nos actions, nos projets, nos relations avec l'espoir et l'amour dont je vous parlais plus haut.

Alors, j'aimerais terminer sur cette notion de chance en exprimant que le fait d'inviter le lâcher prise dans le quotidien apporte une légèreté.

Le lâcher prise nous permet de nous concentrer sur l'essentiel. D'être reconnaissant de la vie que l'on mène. D'insuffler un côté opportun à chaque journée qui commence. D'ouvrir son état d'esprit à toutes les

Transformer

possibilités, à tout ce qui peut nourrir son âme en quelque sorte.

Ainsi, le lâcher prise peut nous permettre d'être meilleur et d'avancer dans nos rêves, et réveiller la magie qui est en nous.

C'est faire briller ce qui était sombre.

C'est sublimer nos singularités.

C'est contribuer à ce que chaque humain crée sa propre place en toute liberté.

C'est ça, selon moi, notre capacité à nous transformer.

C'est ça, notre magie.

3
Rêver

On a tous des rêves en tête.
Un rêve, c'est unique.
Tout le monde peut en avoir un semblable, mais chacun le vit différemment.

C'est comme grimper une montagne. Le sommet est le même, mais l'expérience, elle, est unique. Un projet, lui, est concret, factuel. Le rêve, quant à lui, explore nos tripes, déclenche des émotions décuplées, mélange de doutes et de douleurs. C'est vivre des moments désagréables, mais c'est aussi ça, faire partie du rêve.

Vous l'avez compris, c'est mon cas également. C'est même une chose qui m'anime au plus haut point.

Je dis souvent : *À chacun sa montagne*. Et j'aime cette image. Je vous laisse imaginer ce sommet, cette vue sur le monde, cette situation qui n'arrive que parce que vous avez gravi des falaises, franchi des sentiers, marché pendant longtemps, très longtemps, avec éventuellement la douleur aux pieds, aux mollets, aux cuisses...

Vous voyez cette vue finale ?

Imaginez encore que ce panorama, c'est en fait un projet. C'est un rêve. Un truc qui vous fait vibrer. Un résultat presque trop grand pour vous. Vous le visualisez ?

Mon rêve est multiple, je vois plusieurs choses du haut de cette montagne, du haut de cet impossible que je veux rendre possible, mais croyez-moi, je vais y arriver.

Je vais y arriver parce que j'ai déjà franchi quelques montagnes, à vrai dire. Mais aussi parce que j'aide la chance. Je la prends avec moi, je visualise le sommet, et baisse la tête, commence mon ascension un pas après l'autre. Comme une mule pas si têtue que ça, qui avance coûte que coûte, avec sa charge, mais avec l'idée que tout est impermanent, que des rencontres peuvent surgir et me faire modifier le chemin, qu'il y a des tempêtes, mais aussi du soleil à accueillir. Mais je suis prêt, car quand je veux quelque chose, je finis par l'avoir. Ce n'est pas de la prétention, mais de la détermination !

Ce rêve de Jeux paralympiques, oui, c'est ma montagne. Et sur le chemin, j'emmène avec moi celui d'apporter un nouveau regard sur le monde du handicap.

Je sais, c'est ambitieux. C'est presque plus grand que moi. Et pourtant, je mesure 1,92 mètre !

Plus sérieusement, c'est parce que le projet est ainsi, ambitieux et lumineux, qu'il m'anime.

Avez-vous un rêve aussi fort que les miens ? Des rêves ? Est-ce que vous visualisez tout ce qu'il y a à accomplir pour y arriver ?

Alors commençons à emprunter le sentier. Chaussez-vous bien. Car voici comment je vois les choses pour aller au bout de votre objectif ambitieux !

Le commencement d'un rêve, à l'image d'une journée

Si vous aussi, vous voulez être guidé par un rêve, sachez que tous les rêves ne naissent pas forcément dans la clarté. Parfois, souvent, c'est dans l'obscurité qu'ils naissent. Je pense même qu'il faut explorer ses failles pour en faire jaillir la lumière. C'est quelque chose que je dis souvent. Et d'ailleurs, c'est un peu à l'image d'une journée.

Chaque jour naît effectivement dans l'obscurité, à minuit. C'est à ce moment précis que le cadran se réinitialise, que l'aiguille repart à zéro, et que l'on se retrouve à la lisière d'un rêve encore à écrire. Et ce n'est pas parce que l'on commence la journée dans la pénombre que la journée entière sera sombre pour autant.

Trop souvent, nous hésitons à commencer nos rêves et nos projets parce que tout n'est pas encore parfait. Parce que l'on se pose encore des milliers de questions. Parce que le soleil n'est pas encore au zénith. Parce qu'on ne se sent pas encore « prêt ». Mais gardez en tête que chaque aube, chaque commencement de journée est une nouvelle opportunité d'entreprendre quelque chose. Et cela, même si nous ne pouvons pas tout prévoir, ni tout résoudre, dès le début.

Je ne sais pas de quoi l'après-Paris 2024 sera fait. Je me concentre sur mon voyage jusqu'aux Jeux paralympiques. Mais je sais que les grandes idées, les grands rêves me viennent à minuit.

Les réponses, le chemin, la *to-do list* ne viennent pas toujours lorsque tout va bien. Parfois, cela émerge des profondeurs des jours difficiles, dans les moments de *downs*, des abîmes où la lumière est rare, mais où la découverte de soi-même et de ses capacités est grande.

Si vous avez envie de rêver, et de faire émerger vos envies les plus profondes, l'image de cette journée qui commence à minuit est une métaphore puissante. Les projets, les rêves, les voyages de la vie débutent souvent dans l'incertitude, l'obscurité, mais cela ne devrait pas nous décourager. Chaque heure qui suit minuit est une opportunité de créer, d'apprendre, de grandir.

Vous savez, je n'ai pas toujours l'esprit clair. Les idées alignées. Parfois, c'est embrumé. Ça part dans tous les sens. Mais je sais que le voyage est souvent submergé par l'inconnu et par les épreuves. Je connais le mécanisme. Et à mesure que les heures avancent, je me mets alors à découvrir des moments de clarté, des instants où les choses deviennent plus évidentes. J'apprends à ajuster ma trajectoire, à résoudre des problèmes, à voir des opportunités là où il n'y avait que des ténèbres.

La leçon que je retiens de chacun de mes rêves accomplis, c'est que le perfectionnisme ne doit pas être un obstacle à nos rêves. Attendre que tout soit idéal, que toutes les réponses soient connues, c'est se priver des expériences enrichissantes qui accompagnent les débuts.

Lancer un projet, rêver grand, c'est accepter l'incertitude et l'obscurité initiales. C'est embrasser le fait que toutes les réponses ne seront pas immédiatement évidentes, mais qu'elles se révéleront au fur et à mesure du voyage.

Voilà pourquoi je pense qu'il est important d'inviter chacun à explorer sa part d'ombre. C'est dur, ça remue, ça réveille des choses qu'on aurait aimé cacher. Mais d'une façon ou d'une autre, les éléments de votre histoire qui n'auront pas été transformés en lumière viendront vous titiller. Je l'ai remarqué ! Dans mon sport, plus j'évite de comprendre mes erreurs lors d'un match, plus elles se répètent pour me pousser à comprendre la leçon qu'il y a à apprendre. Mais cela vaut dans tous nos aspects de la vie. Par exemple, plus on va ignorer une douleur dans notre corps, plus elle va prendre de la place, voire se diffuser ailleurs. Jusqu'à ce qu'on l'intègre pour mieux avancer.

Le chemin de l'ombre est pavé de belles perspectives, plus claires, plus réjouissantes, plus euphorisantes, si et seulement si vous osez l'emprunter !

Et c'est à l'échelle de la vie, encore une fois, qui est faite de hauts et de bas. Plus vos rêves sont placés haut, plus vos doutes et vos parts d'ombre seront hauts également. Et moi, mes rêves, oui, je les place très haut. Mais c'est ainsi que j'ai compris l'utilité de mes côtés plus sombres. Ils me nourrissent également. Et je sais, par expérience, qu'ils sont certainement le commencement d'une belle journée.

D'ailleurs, pour ceux qui parlent anglais, la notion de « voyage » se traduit par le mot *journey* ! N'est-ce pas révélateur ?! Les Anglo-Saxons sont friands d'images. Et moi aussi, j'aime illustrer mes pensées.

Ainsi, voir l'obscurité comme le prélude à la lumière me permet de ne jamais abandonner. C'est entamer des projets avec la confiance que chaque moment, même les plus sombres, nous rapproche de l'accomplissement de nos rêves.

Comment construire son rêve en quatre étapes

Tout d'abord, pour construire un rêve, il faut visualiser son objectif. C'est pour moi la première des choses à faire. Et peu importe la taille de la montagne que vous avez à gravir, quel que soit votre niveau actuel, il faut trouver son sommet.

Je trouve que cette première étape est essentielle. Et elle accompagne cette deuxième étape qui va ensuite être de trouver le chemin qui vous y mène. Quel parcours emprunter ? Quels sentiers ? Comment on va y arriver ? O.K., c'est impressionnant. O.K., ça va prendre du temps, de l'énergie et peut-être aussi demander des sacrifices. Mais au moins, à ce moment-là, on visualise le chemin. On concrétise son projet. Et on amorce le flambeau de la motivation.

Petit aparté sur la motivation : beaucoup de personnes admirent les sportifs de haut niveau pour leur motivation et pour leur mental incroyable. Mais vous savez, c'est juste une histoire de visualisation comme nous venons de le faire. Une histoire d'envie terrible pour atteindre un objectif qui nous fait rêver.

Par exemple, si je vous dis qu'il faut aller courir 40 km sous la pluie, par un temps très froid, seul, je pense que peu de personnes se lèveront pour le faire. En revanche, si vous dites que vous allez avoir un million d'euros, si vous courez dans les mêmes conditions, là, il va y avoir un peu plus de monde qui passera à l'action. Qui prendra au moins le départ. Ne croyez-vous pas ? Il ne s'agit pas de mental, mais bien de motivation. La personne n'a pas eu un mental plus fort en deux secondes. C'est sa motivation de gagner beaucoup d'argent qui la fait passer à l'action, rien d'autre.

Donc si la motivation est suffisamment forte, le sommet n'est plus aussi difficile à atteindre. C'est ultra important de comprendre la nécessité de se fixer une cible motivante. Un objectif de fou, mais qui fait tellement sens pour soi ! Quelque chose ancré au plus profond de nous, et ce n'est pas simple de le trouver.

Je mentionne souvent la notion de chute, surtout en montagne où c'est bien présent, parce qu'à certains moments, j'ai cherché à gravir les sommets trop rapidement, à prendre le chemin le plus direct et abrupt. Cependant, cette approche peut être risquée, car une chute peut être fatale, vous empêchant ainsi de remonter et de repartir.

Ce que je souligne régulièrement, lors de mes conférences, c'est qu'il est préférable de choisir soigneusement les chemins. J'ai fait face à des difficultés, cela m'a aidé, certes, mais comme le dit aussi Éric, mon préparateur mental : « Mathieu, prends le temps d'aller vite. » Cette phrase que je partage avec vous me semble assez impactante, car j'ai moi-même traversé des épreuves, mais mon rapport au temps était particulier, avant que je ne m'en rende compte.

En effet, j'avais instinctivement cette volonté d'aller très, très vite. Comme si la douleur serait moindre, ou qu'elle serait plus supportable parce qu'elle durerait moins longtemps. Mais non, l'expérience m'a prouvé qu'à aller trop vite, on se casse vite les dents.

En prenant « le temps d'aller vite », on réalise que chaque étape a son moment. Et chaque moment est important et te permettra d'aller encore plus loin. C'est finalement comme ça que l'on progresse assurément dans le temps.

Alors, je le sais maintenant, il n'est pas toujours possible d'atteindre immédiatement l'endroit où l'on souhaite aller. Parfois, cela demande des heures, des semaines, des mois de travail acharné. Je reconnais que la patience et le choix du chemin pour s'adapter ne sont pas toujours à mon goût. Mais comme je l'ai mentionné précédemment, tout objectif ambitieux nécessite des étapes pour y parvenir. Et moi, j'avais toutes ces étapes-là pour refaire le chemin avec mon rêve paralympique, mon sommet. Mais avant ça, j'ai dû faire des Championnats de France, des Championnats d'Europe, des Championnats du monde, faire une qualif', aller faire une non-qualif' à Tokyo.

Il faut parfois redescendre une montagne, pour atteindre les plus hauts monts. Il faut inévitablement descendre des falaises avant d'en remonter d'autres.

Et tout cela demande aussi de la patience. Ce dont je manque un peu et qui explique pourquoi j'ai voulu, parfois, aller trop vite.

   Tout ceci correspond donc à la troisième étape, qui est de construire un plan d'action suffisamment fou et raisonnable à la fois pour atteindre le sommet.

« Rêve si grand que les gens normaux pensent que tu es un putain de taré. »

Voilà une phrase qui résonne et qui fait sens avec ce que je vis, voilà comment je vois les choses. Et on sait tous que Rome ne se construit pas avec une brique. Il faut des étapes à l'intérieur des étapes. Et seulement alors, on peut réaliser quelques rêves à l'échelle d'une vie !

   Enfin et surtout, la quatrième et dernière étape de l'ascension est de savourer ses victoires. Prendre le temps d'apprécier un résultat. Se récompenser soi-même. Ne pas forcément attendre des autres qu'ils vous félicitent, mais essentiellement, se féliciter soi-même.

   C'est quelque chose que je ne prenais que trop peu le temps de faire, il y a de ça quelques années. Aujourd'hui, je prends le temps pour elle. Pour la célébration. Et je pense que c'est important. Notamment lorsqu'il s'agit d'un objectif intermédiaire. Hop ! C'est fait ! On a gravi une colline. Le rêve est moins loin. Je vais y arriver. C'est super d'être déjà arrivé à ce niveau de progression !

Donc, je me réjouis de mes petites victoires. Elles me nourrissent et me permettent de tenir la distance. De gommer les difficultés rencontrées sur le chemin. De passer à l'étape intermédiaire d'après. Et puis, finalement, de nourrir cette estime de soi dont j'ai besoin pour accomplir de belles choses.

Plus on monte, moins on a d'énergie, à l'image du manque d'oxygène en hauteur. Cette estime de soi est un carburant ultra puissant pour continuer à poursuivre sa trajectoire et ne pas en déroger. Elle recharge les batteries à chaque étape.

« Tous les hommes pensent que le bonheur se trouve en haut de la montagne, alors qu'il réside dans la façon de la gravir. »

(CONFUCIUS)

J'ai beaucoup appris de moi avec cette citation. Car l'un dans l'autre, en poursuivant son chemin, on devient meilleur. Jour après jour. Et on ne s'en rend pas compte tout de suite. Mais c'est véritablement la leçon que je retire de chaque victoire. De chaque étape franchie.

Depuis que j'ai compris cela, je vis l'instant présent plus intensément. Je savoure le voyage. J'essaye de prendre soin de mes amis, aussi, de prendre soin de tous ceux qui m'entourent et m'accompagnent dans mes projets. J'aime les voir gravir le sommet à mes côtés. Eux aussi me rendent meilleur. C'est indéniable. Le bonheur est véritablement dans ces moments-là, dans le présent, avec eux.

Le cercle vertueux qui mène à ses rêves

Finalement, tout ce chemin qui me mène à mon rêve de Jeux m'a amené à grandir et à apprendre comment progresser à titre personnel. Mon rêve de JE est là également. Dans l'apprentissage de moi-même. Dans l'apprentissage de mes limites.

En effet, une fois que l'on a grimpé cette montagne, ce panorama que l'on admire, c'est un peu une vision de soi-même. Un nouvel angle : *Je suis capable d'aller jusque-là !* Et si aujourd'hui, j'y suis arrivé, c'est que j'ai ce cercle vertueux, bien ancré en moi. C'est grâce à ces trois compétences que j'en suis arrivé là : l'estime de soi, la curiosité et la persévérance !

L'estime de soi : une clé de l'épanouissement personnel

Premièrement, l'estime de soi. C'est le socle sur lequel repose notre bien-être émotionnel. Un pilier de

la confiance en soi, pilier qui nous permet d'affronter le monde avec assurance. De réaliser un rêve !
Charlotte Saintonge dit, à mon sens, très justement :

« Lorsque tu croiras en toi, tu sauras comment mieux vivre. Lorsque tu croiras en ta valeur, tu n'auras plus besoin de l'approbation des autres afin de te sentir précieux. »

C'est cet amour de soi, cette certitude de notre propre valeur, qui transforme notre quotidien et influence la manière dont nous poursuivons nos rêves.

Je sais que je suis chanceux, pour le coup. Car oui, j'ai été élevé par des parents qui m'ont permis d'élever cette estime de moi-même. Ce n'est pas donné à tout le monde, je le sais. Et pour cela, je ne les en remercierai jamais assez, parce que l'estime de soi n'est véritablement pas un luxe, mais une pure nécessité. Elle agit comme un bouclier émotionnel, nous protégeant des vents contraires de la vie.

Et vous savez, quand je ramenais de bonnes notes de l'école, cela rendait fiers mes parents, bien évidemment, mais ils m'ont appris à être fier de moi avant tout pour tout ce que j'avais accompli. C'est ce qu'ils m'ont transmis, aussi : tout ce que je fais dans la vie, c'est avant tout pour moi, pour mon propre bonheur, et c'est le souhait de tout parent. Tout mettre en œuvre pour que son enfant soit heureux.

C'est une chance, et je m'en rends compte à 1 000 %, que mes parents m'aient donné ce goût de la transmission.

Tout ce que l'on fait, c'est pour soi. Pas pour rendre fier qui que ce soit d'autre ! Et tant mieux si cela apporte du bonheur à mes parents au passage, mais l'essentiel n'est pas de se nourrir du bonheur des autres pour être heureux, mais principalement du sien. C'est important de comprendre cela !

Je suis conscient également que j'ai été très soutenu, très protégé, et que cela m'a beaucoup aidé. Je ne le nie pas. Par exemple, lorsque j'ai rencontré de sérieux problèmes médicaux, j'ai pu avoir affaire à des médecins sérieux. Je n'ai jamais manqué de rien ! J'avais le droit d'aller voir des matchs avec ma famille. On m'emmenait faire des activités... J'ai vraiment été gâté, je ne le conteste pas. Et tout cela a pu nourrir cet élément essentiel pour la réussite : l'estime de soi. Parce que je le faisais pour mon propre bien-être. Pour mon épanouissement personnel.

Après, avoir une estime de soi solide ne signifie pas être exempt d'erreurs ou d'incertitudes, mais plutôt avoir la confiance nécessaire pour naviguer à travers elles.

Et vous savez, cette capacité qui m'a été donnée de très bonne heure était aussi sans cesse nourrie par mes entêtements personnels. C'est l'addition de mon estime de moi et de ma persévérance dont je vais vous parler plus tard, presque innée, qui m'a permis de traverser les moments de doutes et d'ombres.

C'est comme avoir une boussole interne qui nous guide dans nos choix, nous empêchant de nous perdre dans la quête perpétuelle d'approbation extérieure. L'estime de soi, avec la persévérance, nous apprend à aller de l'avant. Et que notre valeur ne dépend pas des jugements des autres, mais de notre propre appréciation de qui nous sommes.

Plus j'arrivais à faire des choses, plus cela augmentait mon estime de moi-même, et donc, plus je persévérais.

L'un et l'autre sont complémentaires et se nourrissent ensemble !

C'est là que le handicap est pernicieux pour l'estime de soi. Si vous laissez les autres vous rabaisser ou vous laisser penser que vous êtes amoindri, alors cela va être compliqué de par l'influence que la répétition va générer. Ça finit par s'imprégner, et il faut être courageux pour réussir à s'en défaire tout seul.

Lorsque j'ai dû accepter mon handicap, ce n'était pas simple. Mais j'avais ce trait de caractère persévérant qui nourrissait déjà cette estime de moi. J'avais vaincu un cancer, bon sang ! Et je savais au fond que j'avais tout ce dont j'avais besoin pour aller encore plus loin. Quitte à bousculer les codes !

Quitte à surprendre mes proches ! Quitte à parfois être incompris !

Les gens sont aussi source d'estime de soi lorsque l'on réussit quelque chose. D'ailleurs, souvent, on me dit que je suis « inspirant ». C'est nourrissant, ça te rend fier. Et ça contribue à alimenter ta persévérance.

Lorsque l'on est gorgé de cette estime que l'on se porte à soi-même, on peut tout affronter ! Tout ! Donc ne vous arrêtez pas sur ce côté narcissique, sur ce côté « têtu », et sur tout ce que peuvent en penser les bien-pensants, foncez nourrir cette estime de vous-même. C'est très important pour accomplir un rêve.

Cette estime de soi, selon moi, est très libératrice. Et comme je suis pleinement dans ce sentiment, cela me permet de renouer avec quelque chose qui fait partie de moi : la créativité. J'en parlais quand je partageais ma renaissance, mais j'ai toujours eu ça au fond de moi. Renaître de mon cancer, me faire une place, redonner vie à ma jambe en la sublimant, créer mon rêve et l'environnement qui l'accompagne. Cette créativité ne serait rien si je n'avais pas un autre élément fondamental : la curiosité.

La curiosité : l'énergie qui élargit nos horizons

Pour moi, la curiosité est une qualité précieuse qui favorise l'apprentissage, l'innovation et l'ouverture d'esprit. Elle nous pousse à explorer l'inconnu, à remettre en question nos habitudes et à embrasser les opportunités qui se présentent à nous.

Comme le dit si justement l'adage, « les grandes choses ne se produisent jamais dans notre zone de confort. » La curiosité est cette étincelle qui allume notre soif de connaissances et d'expériences nouvelles, créant un voyage vers l'estime de soi. Tout ceci est donc bel et bien lié : persévérance, estime de soi, curiosité…

Et la curiosité, c'est également une chose qui, chez moi, a été enrichie dès mon plus jeune âge.

J'ai eu la chance de beaucoup voyager très jeune. Avec ma classe aux États-Unis ou en classe de neige. Avec ma famille, également. Toutes ces expériences ont nourri mon ouverture naturelle vers les autres. Cela a également nourri une créativité dont je suis fier, encore une fois.

Imaginez vraiment la curiosité comme une voix intérieure qui nous guide vers des terrains inexplorés. C'est le regard émerveillé d'un enfant qui découvre le monde, une force qui transcende les limites de la routine quotidienne.

La curiosité nous pousse à poser des questions, à creuser plus profondément, à chercher des réponses là où d'autres ne voient que des évidences. Elle nous encourage à être ouvert à de nouvelles idées, à remettre en question nos propres croyances et à voir le monde comme un terrain de jeu infini.

C'est prendre des risques, aussi. Parce que, bien sûr, on ne sait pas toujours ce que l'on va découvrir à être curieux ! Mais vous savez, le dépassement de soi, c'est quelque chose d'addictif pour moi.

J'aime prendre des risques. À force de trouver des solutions partout où je passe, j'aime braver les dangers. Les défier ! C'est comme cela que je me sens vivant. Car j'ai la sensation de me découvrir encore un peu plus chaque jour.

Et vous savez, dans le sport, c'est important de bien se connaître. De repousser ses limites. D'aller vers l'inconnu et braver les risques... Je ne peux pas passer à côté ! Et même si je le voulais... Non ! Je ne pourrais même pas rester sagement dans ma petite zone de confort bien douillette et bien dodue. C'est quelque chose que j'ai perdu au fil du temps, et j'en suis bien content, pour être honnête.

Ma curiosité s'est nourrie au fur et à mesure de tous les voyages que j'ai pu effectuer. Pour les compétitions, pour les stages et même pour le plaisir de découvrir.

Depuis le plus jeune âge, j'ai été un enfant curieux de tout ! Ma soif d'apprendre a été nourrie par mes parents, et je les en remercie encore infiniment, mais aussi parce que eux-mêmes l'étaient. Ce sont des personnes curieuses de tout également. Donc j'avais déjà de beaux modèles à suivre.

Rêver

La curiosité, en fin de compte, a été une valeur transmise dès mon plus jeune âge. C'est rester ouvert, rester émerveillé par le monde qui nous entoure. C'est la décision de voir chaque journée comme une aventure à explorer, chaque rencontre comme une opportunité d'apprendre. Voilà ce dont nous avons hérité, mon frère et moi.

« Quand Mathieu m'a parlé de son rêve concernant les Jeux paralympiques, j'ai pensé qu'il se fixait un objectif élevé. Néanmoins, je pensais que s'il ne l'atteignait pas, ce ne serait pas grave, il aurait au moins essayé. Je lui ai demandé ce qui se passerait s'il lui était impossible de participer aux Jeux paralympiques de Paris 2024 alors qu'il avait beaucoup communiqué sur le sujet. Il m'a répondu qu'il ne pouvait pas l'envisager. Le simple fait d'y penser l'aurait empêché d'avancer. C'est dans ces moments-là que je comprends notre différence. Sa combativité hors normes. Je n'avais jamais raisonné de cette façon. En général, je préfère ne rien attendre, ainsi je ne peux pas être déçu. Si je parviens à atteindre un objectif, alors seulement, j'en parle autour de moi. Mathieu, lui, adopte l'attitude inverse. Il se surexpose pour se motiver. Et s'il connaît un échec, il réfléchit à la manière dont il peut en tirer parti, et il rebondit. Personnellement, je mets des mois à m'en remettre. Je souhaitais vraiment qu'il réussisse, mais une partie de moi pensait qu'il valait mieux ne pas trop espérer afin de nous éviter l'éventualité d'une trop grande déception.

Malgré tout, quand j'ai appris qu'il n'était pas qualifié pour les Jeux paralympiques de Tokyo, j'ai eu de la peine pour lui. Comme quoi, ma technique à moi n'est pas si efficace que ça. Néanmoins, je me doutais qu'il allait persévérer. Pas nécessairement en visant les Jeux paralympiques de Paris, mais en disputant des compétitions nationales ou européennes, et pourquoi pas comme coach en badminton, tout en continuant à intervenir dans des séminaires sur le handicap invisible. Je soupçonnais que cela devenait très difficile pour lui, car il avait investi énormément d'énergie dans son rêve de participer à ces Jeux. J'ai hésité à lui en parler. Je savais que je devais le faire, lui révéler ce que je ressentais, et lui témoigner ma présence à ses côtés. Cependant, nous partageons une certaine pudeur avec Mathieu et j'avais peur de le déranger, de mettre en avant une défaite tandis que je ne lui écris pas systématiquement pour le féliciter lorsqu'il reçoit une médaille. Toutefois, je me doute que mon frère a besoin de mon soutien, comme de celui de nos parents, même s'il ne l'exprime pas. Je sais également que Mathieu croit en moi. Je me souviens qu'il avait eu les larmes aux yeux quand je lui avais annoncé avoir obtenu mon BTS audiovisuel, assez sélectif, car seules trois écoles en France préparaient à la Fémis. Son émotion m'avait surpris. Il est convaincu que je suis capable de faire des tas de choses, justement parce que nous avons quelque chose qui nous relie, de par l'éducation que nous avons eue : la curiosité. Mon frère m'a toujours poussé en ce sens, m'a appris à être courageux, même si j'ai la sensation de ne pas l'être autant que lui. Il m'a inculqué l'idée que l'on pouvait réaliser ses projets dans la vie, s'écouter, suivre ses rêves sans se montrer égoïste pour autant.

Je pense que Mathieu souhaite assumer son rôle de grand frère en se montrant fort. Une anecdote me revient, à l'occasion de mon anniversaire, il y a deux ans. S'il m'avait écrit depuis une île paradisiaque, j'avais pourtant perçu qu'il n'était pas en forme. À une époque, je voyageais moi-même beaucoup, à la recherche d'un mieux-être, mais cela ne fonctionnait pas. J'avais répondu à Mathieu de ne pas s'inquiéter, lui conseillant de rentrer auprès de ses proches pour se sentir mieux. Formuler de telles paroles de sagesse n'était pas le rôle du petit frère, m'avait-il dit. Mais l'inverse est vrai également.

J'ai pris conscience qu'il n'était pas nécessaire de nous prouver quoi que ce soit l'un à l'autre. Je crois que l'on pourrait à présent faire fi de nos places respectives dans la fratrie, reconsidérer notre relation en prenant davantage en compte les compétences de chacun. »

Mon frère me touche particulièrement dans ses propos. Et me montre que, dès le plus jeune âge, on a le pouvoir de transmettre des choses qui vont rester gravées à tout jamais.

Alors oui, c'est sûrement ma mission de vie, et c'est aussi pour cela que je suis si persévérant.

La persévérance, un chemin vers le sommet

Enfin, quand on a un rêve, la persévérance est essentielle à sa réalisation.

C'est cette force intérieure qui nous permet de nous relever après chaque chute, de surmonter les obstacles et de continuer à avancer. Harlan Coben a bien dit :

> « La qualité d'un homme ne se mesure pas au nombre de fois où il tombe, mais au nombre de fois où il se relève. »

Alors, vous comprenez bien que cela concerne tout le monde, quel que soit l'âge ou le sexe. Mais véritablement, c'est cette capacité à se relever, à persévérer, qui façonne notre parcours vers la réalisation de nos rêves.

Chaque échec n'est pas une fin en soi, mais une étape vers le succès. La persévérance nous apprend à tirer des leçons de chaque chute, à analyser ce qui n'a pas fonctionné et à ajuster notre trajectoire. L'échec devient ainsi un allié, un guide qui nous conduit vers d'autres solutions.

Imaginez un escalier vers vos rêves, chaque marche représentant une tentative. Chaque fois que vous butez, que vous trébuchez, c'est une nouvelle marche franchie. La persévérance transforme chaque difficulté en un pas de plus vers le sommet. Elle nous dit que la chute n'est pas la fin du chemin, mais une opportunité de progresser différemment.

Je pense sincèrement que la vie n'est pas toujours un parcours linéaire, mais plutôt un sentier sinueux avec des hauts et des bas. La persévérance, c'est cette force qui nous permet de rester résilients face à l'adversité. Et chaque défi surmonté est une victoire qui renforce notre résistance intérieure.

Dans toute mon histoire, c'est un trait de caractère qui ressort. Ma persévérance. C'est ce qui fait que j'en suis là. Parce que j'ai pris chaque épreuve comme un challenge à relever. Un cancer ? Je vais le battre ! Une jambe invalide ? Je vais quand même remarcher ! Un adversaire à battre sur le terrain du para-badminton ? Essayons de le vaincre également ! Voilà pourquoi je pense qu'il vous faut muscler ce trait de caractère également. Et ce n'est pas Sébastien, un ami de longue date, qui dira le contraire… !

« Lorsque nous nous sommes rencontrés, j'avais 24 ans. C'était au basket, pendant qu'il était en chimiothérapie. Je m'entraînais avec les seniors où je jouais avec son frère et lui.

Je me souviens de l'entraînement, crâne rasé, où il avait son bandeau sur la tête, quand il était en chimio. Je me rappelle très bien une phrase, il m'a dit : "Par contre, je ne veux pas qu'on s'apitoie." Moi, je ne pensais pas à son cancer, je ne voyais qu'un jeune qui se concentrait sur son sport, sa passion. Et je comprenais bien ce qu'il voulait dire par ça. En effet, personnellement, j'ai connu le cancer dans ma famille. J'ai perdu mon papa à l'âge de dix-neuf ans ainsi que ma grand-mère maternelle pendant que mon père était à l'hôpital. Avec cette expérience, j'ai grandi très rapidement, je pense, et c'est ce que je retrouvais avec Mathieu. Il avait une sacrée force pour quelqu'un de dix-huit ans, un courage énorme de se remettre au sport malgré les avis médicaux. Ça m'a tiré vers le haut, je pense. Et c'est ainsi que notre amitié a été très forte aussi, de par nos expériences. Nous avons vécu des moments compliqués, et l'un et l'autre étions toujours disponibles pour se soutenir. On avait cette même quête de rebondir. Alors forcément, il a eu une place particulière dans ma vie, notamment en devenant mon témoin de mariage et le parrain de mon fils.

Et puis un jour, j'apprends qu'il veut faire les Jeux paralympiques de Tokyo. J'avoue avoir été étonné de savoir qu'il se spécialisait dans le badminton, car sans le savoir, on le pratiquait tous les deux séparément.

Rêver

Je n'aurais jamais imaginé qu'il passe à l'étape du sportif de haut niveau parce que pour moi, il jouait seulement pour le plaisir, en loisir. Donc, étant sportif avec ce goût du challenge, et son ami, je l'ai soutenu de toutes mes forces. Évidemment, quand j'ai appris qu'il n'était pas qualifié pour Tokyo, j'ai été déçu pour lui. Mais on s'est revu peu de temps après, et son optique était déjà les Jeux paralympiques de 2024. Je trouve qu'il s'en est remis rapidement. Il a vite réorienté le cap sur Paris, j'ai eu tout de suite confiance en sa capacité à rebondir.

Et je pense que c'est l'essence d'un athlète. Quand un sportif a un objectif, s'il est un vrai compétiteur, il se donne tous les moyens pour y arriver, pour aller au bout.

Et ce qui a changé entre les deux projets, Tokyo et Paris, est sûrement son environnement. Je pense que si tu es bien entouré, et que les personnes sont positives, ça permet d'aider, d'accepter une certaine situation. Qu'on te considère pour ce que tu es et non ce que tu représentes. Après, c'est sûr, un tel projet a un impact important pour la vie de famille, mais aussi pour l'entourage en général. On se voit moins, le lien avec mon fils, son filleul, n'est pas aussi fort qu'on l'aurait imaginé parce que son rêve prend beaucoup de place dans sa vie et ne permet pas d'être disponible. Et lui, il est son propre rêve. Pour moi, un rêve, c'est d'accomplir quelque chose de difficile à atteindre. Le mien était différent, c'était de rencontrer mon idole, par exemple. Et c'est chose faite ! Maintenant, c'est faire un voyage au bout du monde. Alors quand je le vois avoir ces étoiles dans les yeux, je suis super fier de lui, de ses résultats. Ils ne sont pas toujours positifs, la déception est souvent présente. Mais il se relève. Alors, je crois en lui, et j'espère sa qualification de tout cœur. Je serai toujours là, il peut compter sur moi. »

Je sais que beaucoup de personnes reconnaissent ce côté en moi. Cette volonté exacerbée d'arriver au bout du bout. D'atteindre le but fixé.

Déjà petit, lorsque je construisais mes Lego, je faisais tout pour arriver à former ma petite maison. Ma tour. Peu importait la forme. Je faisais tout pour y arriver ! Et d'ailleurs, je suis heureux, car je retrouve ce trait chez mon fils. Avec le temps, il arrivera à beaucoup de choses s'il conserve cela. Assurément !

J'ai depuis toujours eu besoin de réussir par moi-même. Petit, je disais : « Moi tout seul ! » Avec le temps, j'ai compris que l'entourage était nécessaire pour accomplir de plus grandes choses. D'ailleurs, le proverbe africain dit : « Seul, on va plus vite ; ensemble, on va plus loin. »

La persévérance, c'est aussi une attitude. Une attitude constante. C'est le choix de ne pas abandonner, même lorsque le découragement est là et frappe à la porte. C'est la conviction que chaque effort, aussi petit soit-il, contribue à la réalisation de nos rêves. Et cette construction, elle vous rappelle que la route peut être difficile, mais que chaque petit pas vous rapproche un peu plus de la réussite, comme en témoigne Émilie, la mère de mes enfants :

« Après l'épreuve de Tokyo, j'ai eu du mal à comprendre sa volonté de poursuivre. À la fois, je ne pouvais que l'encourager à vivre ses rêves, et à la fois, c'était tellement de sacrifices dans notre vie de famille. Ça a renforcé sa détermination, plus que ça ne l'était déjà.

C'est courageux d'aller au bout des choses et de vouloir réaliser ses rêves. Ce qui est important dans le rêve, c'est de prendre en compte son entourage qui vit aussi l'aventure à ses côtés, tout comme il est important de le soutenir pour les enfants, d'encourager leur père, plus motivé que jamais. »

Vous savez, dans tous les témoignages de mes proches, c'est une particularité qui ressort. Et je remercie infiniment Émilie de l'avoir souligné ainsi. Car je pense qu'il vous faut vous interroger à ce sujet. Est-ce que l'on dit de vous que vous êtes têtu ? Que vous foncez tête baissée ? Envers et contre tout ? Croyez-moi, même si l'on se moque de vous parce que vous avez une volonté farouche, c'est à mon sens hyper encourageant. Persévérez. N'écoutez que votre cœur !

Rêve de je(ux)

L'entêtement, ma botte secrète

Le marathon de l'endurance, c'est ainsi que je perçois cette phase actuelle, les derniers mètres de la course. Un autre parallèle pourrait être celui d'une ascension, une montée ardue. Quand je regarde le chemin parcouru, l'idée même d'abandonner à ce stade est tout simplement absurde.

Je me rappelle une ascension particulière, celle du piton de la Fournaise à La Réunion. C'était comme gravir une montagne, avec des montées et des descentes incessantes. À chaque descente, je pestais auprès de Tiffany qui m'accompagnait. Descendre alors que mon désir était de monter : une contradiction difficile à accepter pour moi. C'était une épreuve mentale autant que physique. Pourtant, monter et descendre, c'est cela qui a finalement conduit à notre succès. Nous avons atteint le sommet de ce volcan et pu contempler des paysages à couper le souffle.

Ce qui me booste profondément, ce n'est pas tant le rêve en lui-même, mais plutôt cette obstination sans faille. Peu importent les incompréhensions, les moments où je maudissais la nécessité de descendre pour mieux remonter, je continuais parce que c'était impératif. C'est aussi simple que cela.

L'origine de cette obstination remonte aux tréfonds de mon histoire. C'est une caractéristique profondément enracinée en moi, presque une seconde nature.

Rêver

Lorsque je prends la décision de faire quelque chose, je m'y engage pleinement. Point final. Si quelqu'un venait me dire, « Mathieu, tu n'y arriveras pas, c'est impossible, abandonne ! », eh bien, cela aurait un effet inverse sur moi. Cela renforcerait ma persévérance. Je persisterais, je continuerais, je ferais preuve de plus de courage. Mais je n'abandonnerais pas. Pour moi, c'est tout simplement impossible !

> « Un gagnant est un rêveur
> qui n'a jamais abandonné. »
> (NELSON MANDELA)

Dans les moments difficiles, face à ceux qui ne me soutiennent pas, c'est là que je puise ma force. C'est le carburant nécessaire pour prouver qu'ils ont tort. Que je vais réussir. Que c'est possible, bon sang, et je vais même leur montrer comment !

D'où vient ce tempérament, je ne le sais pas, mais il a toujours été présent. Même lorsque mon médecin m'a dit que je ne pourrais plus marcher, je l'ai fait quand même ! Pire encore, je cours sur des terrains de sport. Cette contradiction et cette obstination, c'est mon essence. On ne me dit pas ce que je ne peux pas faire... Je vous le dis, moi !

Certes, je veux avoir raison, sur beaucoup de choses. C'est ma nature profonde. Mais j'aime aussi débattre.

Je peux changer d'avis en deux secondes si les arguments sont solides. Seuls les « cons » ne changent pas d'avis, comme je le dis souvent. Je ne détiens pas la vérité absolue, loin de là. J'ai ma vérité, et je m'y tiens. Tout en étant ouvert à la possibilité qu'on puisse la changer totalement. Mais il me faut des arguments. J'ai besoin de comprendre les idées, comprendre le fonctionnement de beaucoup de choses.

D'ailleurs, il y a une phrase que je déteste : « C'est con mais c'est comme ça, et pas autrement. » Cette forme de fatalité, je ne l'accepte jamais. Les gens qui se résignent à ce manque de construction et d'explications, et répètent cette phrase trop facilement, j'ai constamment envie de m'y opposer. À leur résignation. Et de démontrer que non, ce n'est pas forcément « comme ça » ! Qu'ils sont empêtrés dans une ignorance profonde et qu'ils peuvent aller plus loin pour se rendre compte de leur cheminement, que cela n'aide en rien la situation. C'est cela, être têtu, dans le mauvais sens du terme. S'entêter à prouver quelque chose sans arguments. Car c'est ainsi et pas autrement. Eh bien, non, je ne suis pas né ainsi. Je ferai bouger les choses, même les plus difficiles.

Et pour aller encore plus loin dans la réflexion, je pense qu'il est nécessaire d'aller chercher au plus profond de soi-même ce qui fait que l'on avance. Et ainsi comprendre pourquoi nous avons une telle énergie, ce qui construit notre détermination.

Puiser la force en soi

Avec chaque défi relevé, je renforce ma confiance en moi. Depuis le début de ce rêve, si quelqu'un a cru en moi, c'est bien moi-même. Même dans les moments de doute, je rebondis toujours, orientant ma trajectoire vers de nouveaux horizons. Avec une énergie encore plus forte, une détermination encore plus ancrée. Une volonté d'y arriver et d'aller au bout de ce que j'entreprends, en me donnant les moyens nécessaires d'atteindre mon objectif. Sans aucun regret. D'ailleurs, ceux qui travaillent avec moi le constatent aussi.

Manon, mon attachée de presse, déclare : « Travailler autour du rêve de Mathieu m'inspire beaucoup. Il a cette force d'aller vers son rêve par sa singularité. Il va au bout des choses, il se donne les moyens. Peu importe ce que les gens pensent de lui, quelles que soient les difficultés, il y va, je trouve ça très fort. Il s'entoure de très belles personnes également. Il a su créer une équipe autour de lui qui le soutient et qui est là pour lui. C'est un vrai modèle. Quand j'étais sportive de haut niveau, j'aurais beaucoup apprécié l'avoir rencontré pour lui demander plein de conseils ! Je trouve que Mathieu est quelqu'un de très humble, de très inspirant, avec de belles énergies positives. Rien que ça, je trouve que c'est challengeant en tant que sportif de haut niveau, car on nous met souvent des bâtons dans les roues. Je suis de tout cœur avec lui, car je crois en lui. »

Au fond de chacun de nous, je crois sincèrement qu'il existe une confiance inébranlable depuis la naissance. C'est la vie qui nous égare parfois, mais le caractère nécessaire est en nous depuis le tout début. Nous ne devrions jamais nous résigner. Il est également essentiel de s'appuyer sur l'entourage, sur ces personnes qui accompagnent notre parcours de la meilleure manière possible. Ils contribuent à accélérer notre progression et à nous aider à rebondir.

Avec ce mélange d'autoconviction et de soutien externe, il est indéniable qu'à un moment donné, tout devient possible. Même dans un environnement difficile, la réussite reste à portée de main. Prenez l'exemple inspirant d'un jeune résident en Seine-Saint-Denis, Allan Petre qui a intégré la Nasa en janvier 2024. Malgré des conditions de départ apparemment défavorables, il a réalisé son rêve de rejoindre le domaine aérospatial, aspirant peut-être à un jour s'envoler vers les étoiles et poser le pied sur la Lune. Il le dit également clairement : « Je me suis toujours dit que c'était possible. » C'est la croyance en soi, combinée au soutien de ses proches, qui a transformé son rêve en une réalité concrète, devenant ainsi un modèle pour beaucoup.

Dans les grandes réussites, le trait commun est, semble-t-il, la ténacité. Ce n'est pas simplement

Rêver

un défaut, comme mentionné précédemment, mais surtout une qualité qui permet de ne pas trop prêter attention aux opinions négatives ou à ceux qui ne partagent pas la même vision. Être têtu comme une mule, c'est créer sa propre voie et avancer coûte que coûte, criant plus fort que ceux qui doutent autour de nous. Certes, cela exige davantage d'efforts lorsque l'entourage n'est pas favorable, mais avec une détermination forte, tout devient envisageable. Peu importe la vitesse d'exécution, l'important est de franchir la ligne d'arrivée du marathon de la vie.

Prendre de la hauteur vis-à-vis des stéréotypes et de l'image souvent négative associée à la ténacité, c'est un peu comme grimper au sommet d'une montagne. Elle revient encore, celle-ci, décidément ! Cela offre une perspective différente, un point de vue plus élevé, qu'on soit seul ou accompagné, mais toujours une source de force.

Je reconnais que j'insiste sur cette image de l'ascension d'une montagne. Mais pour moi, elle est véritablement représentative de la vie, du moins de ma perception de celle-ci. La vie n'est pas plate ; elle est faite de hauts et de bas, d'efforts constants. C'est cette variabilité qui rend la satisfaction plus intense que toute autre chose, comparable à la vue panoramique à couper le souffle après qu'on a atteint le sommet. Les sensations que cela procure sont bien plus puissantes qu'une simple image ou une photo instantanée. Car, en fin de compte, toi seul sais ce que tu as enduré pour y parvenir.

Cela dit, même sur un terrain plat, on peut aller loin, explorer d'autres pays et faire face à de nouveaux horizons. Comme la mer où j'aime également nager, surfer, regarder, sentir. L'essentiel est de rester en mouvement, de progresser un pas après l'autre. Personne d'autre que toi ne peut le faire à ta place.

C'est ce que je partage avec mon agent Paul : « Forcément, ce genre de rencontre m'inspire énormément, surtout quand ces personnalités ont un rêve comme Mathieu. Parce qu'au-delà de l'imaginaire, de la notion de rêve, il se nourrit de celui-là pour le réaliser. Pour transformer en actions et que ça devienne réalité. Mathieu, c'est quelqu'un qui rêve grand et qui n'a pas peur de le montrer. Il a de l'ambition, voire des fois, ça semble déraisonné. Mais ça me pousse aussi à réfléchir, à aller plus loin dans mes actions et mes propres aspirations ! »

Albert Einstein l'a bien formulé :

« La vie, c'est comme une bicyclette. Il faut avancer pour ne pas perdre l'équilibre. »

C'est dans ce mouvement constant que réside notre force intérieure, puisée au plus profond de nous-mêmes. Mais il arrive parfois que l'on perde cet équilibre, qu'il y ait quelques blessures...

La face cachée de mon rêve

Mon mot phare pour l'année qui arrive, à l'heure où j'écris ces mots, c'est-à-dire la fameuse année 2024, c'est Espoir. Un mot chargé d'émotions et de significations profondes après une année de préparation, l'année 2023, marquée par d'innombrables défis. J'ai entrepris beaucoup de choses, mais rien ne s'est déroulé comme prévu. Chaque étape a été un combat acharné, une bataille incessante.

Le parcours tumultueux a débuté à la première compétition qualificative en Espagne, lorsque Florent, l'un de mes entraîneurs, a pris la décision d'arrêter l'aventure. Cela a été suivi par des obstacles constants pour avoir des entraînements convenables. Juste au moment où je pensais pouvoir retrouver mon rythme, une série de blessures est venue perturber mes plans. En Thaïlande en mai dans un premier temps, puis lors d'une compétition en Angleterre début août, et deux semaines après aux Jeux européens.

De blessures en blessures, d'obstacles en obstacles, la période d'avril à fin août a été marquée par des moments difficiles. Même lors de voyages, comme en Australie, des problèmes de passeport sont venus s'ajouter à la liste des difficultés. Au Japon, les entraînements ont été malmenés, et ainsi, chaque étape a été freinée, nécessitant un effort constant pour avancer.

« L'Univers donne ses plus gros combats à ses meilleurs soldats. »

Cependant, chaque freinage a ajouté une couche d'envie et de détermination supplémentaire. Le chemin a pris une autre dimension, transformant chaque obstacle en une opportunité de rêver encore plus fort. Les Jeux, cependant, ont été remodelés par les épreuves de l'année qui aura précédée, avec la qualification en ligne de mire. Non, il n'y a pas eu de réelles magies dans cette année de préparation, comme on pourrait le croire au premier abord lorsque l'on parle de « rêve ». Mais les chutes incessantes n'ont pas eu raison de ma détermination. Je pense alors à ces moments de construction, à ces huit dernières années qui m'ont permis d'en arriver jusque-là. Je suis têtu, déterminé, et l'abandon n'est pas une option, je le répète.

À l'heure actuelle, l'incertitude plane encore quant à ma qualification pour les Jeux paralympiques de Paris 2024. Cependant, l'espoir persiste, vibrant dans chaque fibre de mon être. En ce qui concerne les Jeux de Los Angeles, je suis encore dans l'inconnu. Malgré cela, une multitude de projets m'animent, des projets que je veux réaliser d'ici là. J'y arriverai très certainement, gorgé de la réalisation de ceux-ci.

En tout cas, pour Paris, les Jeux à domicile, j'ai l'intention de tout donner, malgré les regrets qui pointent. J'ai manqué quelques entraînements, une réalité nouvelle par rapport à quelques années en arrière où chaque séance était sacrée. Cependant, je le fais pour ma tête, pour préserver mon mental, car l'équilibre entre la préparation mentale et physique est crucial.

Avec du recul, je réalise que la préparation mentale prend désormais une place plus importante. La réflexion sur soi-même, la compréhension de ses rêves personnels par rapport aux rêves sportifs, tout prend une nouvelle dimension. La lucidité s'installe, mais l'amour du jeu persiste. Ma courbe de progression ne suit pas toujours le chemin que j'espérais, et l'écart se creuse. Les défis sont nombreux, des adversaires d'hier rattrapent leur retard, tandis que d'autres s'éloignent. La pression est constante, et c'est là que la préparation mentale devient vitale.

En 2023, j'ai affronté les défis au jour le jour. Certains jours étaient bons, d'autres catastrophiques. En ces moments difficiles, la projection vers l'avenir était ma bouée de sauvetage, une nécessité pour nourrir ma soif inextinguible d'avancer.

L'entêtement est ma force motrice. Avancer à tout prix, malgré les doutes, malgré les revers. Mon rêve, pourtant, est loin d'être une source magique de réconfort. Il est angoissant, un fardeau que je porte constamment. Mon rêve ne saupoudre pas ma réalité de paillettes magiques, de par la pression que cela implique. Ce n'est pas une facilité, surtout avant les Jeux à domicile. À quelques mois des annonces des qualifications, mon rêve n'est pas le moteur premier. C'est le chemin parcouru, la persévérance dans l'adversité qui me fait tenir ce rêve.

Je ne peux pas abandonner maintenant. C'est impossible. Chaque épreuve surmontée a contribué à forger ma détermination. C'est comme creuser inlassablement dans une mine, cherchant cette pépite d'or. L'image obsédante de ne pas vouloir s'arrêter, de sentir que le trésor est juste derrière la paroi, guide mes pas. La galerie creusée doit me servir à trouver cette pépite. Abandonner maintenant serait comme renoncer à trouver mon trésor après tant d'efforts. C'est impensable, inenvisageable, et cela me propulse inlassablement vers l'avant, vers mon rêve, vers l'or que je poursuis avec une détermination sans faille.

Lorsque je repense aux sacrifices, aux douleurs endurées, je réalise que chaque goutte de sueur, chaque larme versée, contribue à la valeur de ce rêve. Ce n'est pas seulement un rêve sportif, c'est un voyage intérieur, une quête de soi. Les doutes persistent, mais ils sont balayés par la force de l'aspiration. L'aspiration à atteindre l'inatteignable, à dépasser les limites, à transcender les défis, et Michel peut en témoigner :

« "Un problème sans solution est un problème qui est mal posé" disait Albert Einstein, et c'est notre gros point commun, notre optimisme et notre *focus* sur la recherche de solutions permanentes.

La chance de Mathieu ? C'est que c'est quelqu'un qui se prend en main, qui a plein d'activités à côté en étant parent, entrepreneur. Et nous sommes très complémentaires.

Mon job à moi, c'est de m'adapter, plutôt que "d'imposer" une certaine discipline. Les besoins sont différents, donc l'accompagnement est différent par rapport aux jeunes que je guide au quotidien. Ainsi, j'apporte une forme de spontanéité par la souplesse que me demande mon rôle, et lui m'apporte son organisation, son anticipation de par son projet qu'il a à 100 % dans sa tête. J'aimerais passer plus de temps avec lui, mieux nous connaître et profiter avec Mathieu, mais de par mes fonctions, cela me manque. En tournoi, on y parvient quelque peu, mais c'est un regret, car on est concentrés sur des objectifs, tout va trop vite. C'est un ami, et j'en ai besoin. »

Chaque jour, je suis confronté à la réalité que le chemin vers le sommet n'est pas un escalier linéaire. C'est une montagne escarpée, avec des creux et des pics. Les creux représentent les moments sombres, les défaites, les douleurs physiques et émotionnelles. Les pics symbolisent les victoires éclatantes, les moments de gloire, les instants où la persévérance paie.

Cette réalité s'accentue alors que les Jeux paralympiques de Paris 2024 approchent. L'incertitude quant à la qualification persiste, mais la détermination demeure inébranlable. Les sacrifices ne sont pas vains. Chaque défi relevé, chaque épreuve surmontée construit l'édifice de ce rêve. Je me tiens sur le fil tendu entre l'anticipation et l'appréhension, prêt à affronter l'inconnu avec une volonté inflexible.

La face cachée de mon rêve n'est pas seulement faite de victoires éclatantes, mais aussi de combats acharnés et d'incertitudes. C'est cette dualité qui rend le parcours si humain, si riche en enseignements. Ainsi, guidé par l'espoir et renforcé par la persévérance, je poursuis ma quête, prêt à écrire le prochain chapitre de cette aventure.

La perspective du rêve

Lorsque l'on a un rêve, il est important également de prendre du recul ou de la hauteur.

Prendre de la hauteur, c'est accepter l'humilité intrinsèque de notre existence. Du haut de la montagne, tout semble insignifiant, une mer de petites vies, des maisons réduites à des points. C'est une leçon d'humilité, une occasion de relativiser et de se sentir plus léger. Malgré la grandeur de nos rêves, ce moment d'humilité nous rappelle que nous ne sommes qu'une infime partie de l'Univers.

Lorsqu'on s'envole en avion, survolant les terres et les vies, cette conscience de notre petitesse s'installe. La grandeur du rêve peut sembler en décalage avec cette humilité, mais c'est une question de perception. L'ascension et la conquête du sommet sont des expériences qui se révèlent à nous-mêmes. Le rêve, c'est chercher l'inatteignable, se dépasser pour s'en approcher. À la fin de cette quête, on prend conscience de notre véritable essence, sans barrières ni limites apparentes.

Il en découle une estime de soi cruciale, permettant de poursuivre d'autres sommets. Le rêve n'est qu'un projet parmi d'autres, une opportunité de se dépasser. La vie offre la possibilité de rêver maintes fois, de gravir d'autres montagnes. L'essentiel est de partir avec le sentiment d'avoir bien vécu, d'avoir accompli tout ce qui était possible. Le rêve devient ainsi la recherche personnelle de réalisations, contribuant au projet constructif du « je » dans le rêve des Jeux.

La satisfaction réside dans le bilan d'une vie bien vécue, sans regrets. La question qui persiste est : *Qu'est-ce que je laisse dans ce monde derrière moi ?* Il est crucial d'être en paix avec le désir universel de laisser une trace. Comment serai-je mémorisé ? Quel héritage laisserai-je dans l'histoire des Jeux paralympiques de Paris 2024 ?

J'essaie d'y répondre chaque jour, notamment lors de mes entraînements avec Dinesh. Celui-ci nous témoigne : « Moi aussi, mon rêve est de participer aux Jeux olympiques, peut-être ceux de Los Angeles. J'ai ce rêve depuis longtemps, car j'ai toujours voulu être meilleur et le meilleur dans ce que je faisais. Le fait qu'avec Mathieu, nous partageons le même rêve m'a motivé et renforcé dans mon projet. J'ai aussi conscience que, malgré son expérience avec Tokyo, le rêve est vraiment difficile et que c'est compliqué de l'atteindre. Ça me prouve que ça rend la chose plus unique. Car pour moi, un rêve, c'est quelque chose sur lequel je travaille depuis longtemps, très dur, et qui peut être atteignable, ou pas. L'idée est de toujours continuer à se battre pour son objectif, et que la part de magie du rêve est sûrement ce facteur chance. C'est ça que me transmet Mathieu et qui me pousse dans l'atteinte de mon rêve. »

Pour un sportif, le palmarès marque son histoire, mais la grandeur d'une vie se mesure aussi à son impact sur les autres. Être le changement que l'on veut voir dans le monde, prendre de la hauteur sur ce qui n'a pas d'importance, voilà ce qui marque l'histoire. La vraie grandeur ne réside pas seulement dans les victoires sportives, mais dans la manière dont on inspire les générations futures, dans la contribution à un monde meilleur. En prenant de la hauteur, on réalise que la grandeur de notre vie ne réside pas dans les choses futiles et éphémères, mais dans les traces durables que l'on laisse derrière soi.

Les petits pas qui mènent loin

Dans ma vie, que vous commencez maintenant à connaître, j'ai appris que l'une des clés qui m'a permis d'arriver là où je suis, réside dans la capacité à franchir des étapes. Dans la capacité à progresser un pas à la fois.

Et pour moi, ces « petits » pas, à l'échelle de mes rêves, sont en fait essentiels. Ils jouent le rôle élémentaire de petits points d'ancrage, ou de repères solides, si vous voulez, qui m'indiquent si je dérive ou pas. C'est cette pratique qui me réussit bien. Et je souhaiterais insister sur cela pour que vous puissiez avancer également, sur votre chemin.

Imaginez alors les petits pas comme des rochers stables sur lesquels vous pouvez vous reposer et vous réorienter, même lorsque l'on ne distingue plus l'horizon. Ces points d'appui ne doivent pas être inatteignables, mais au contraire très accessibles, à la bonne hauteur sur l'échelle de votre projet. Sinon c'est la chute qui risque d'arriver.

Rêve de je(ux)

On a tendance à penser que la motivation est la base de tout. Je pense personnellement que cela ne suffit pas. Elle peut être fluctuante, parfois éphémère, et elle ne peut pas toujours nous porter à travers les moments difficiles. C'est là que les petits pas prennent tout leur sens. Ils agissent comme des fondations solides sur lesquelles s'appuyer lorsque la motivation vacille.

Dans la vie quotidienne, nous sommes souvent submergés par des défis qui deviennent insurmontables tellement ils sont grands. Et croyez-moi, c'est là qu'intervient cette méthode pour nous permettre de nous rendre compte que tout est accessible, tout est possible.

Sortons un instant du cadre sportif, et imaginons le rêve de Mme ou de M. Tout-le-monde. Je pense que cela en aidera plus d'un. Car même si leur rêve est grand, inspirant et moteur, il faut pour y arriver, ou en tout cas s'en approcher, le décomposer. Il faut ainsi qu'il ou elle transforme son rêve en un projet et construise sa propre *to-do list*, en petites choses, de façon à toujours avancer. Constamment. Sans jamais se décourager. Mais en tout cas, il faut rendre le rêve réalisable.

Si chaque tâche est à la bonne hauteur, suffisamment proche de vos mains pour que vous grimpiez à l'échelle de votre rêve, alors c'est bon. C'est encourageant. Et c'est surtout comme cela que moi, en tout cas, j'avance !

Rêver

Prenons l'exemple de la conquête d'une montagne. Vous ne la gravirez pas en un seul jour. C'est évident.

Divisez alors cette énorme ascension en étapes plus petites. Peut-être que la première étape consiste simplement à étudier la carte du sentier. Puis, à acheter l'équipement nécessaire. Il n'empêche que chaque étape est une victoire en soi, un petit pas qui vous rapproche du sommet, de votre rêve !

Ce qui est palpable, en revanche, à mesure que l'on avance et que l'on réalise ces petits pas, c'est la confiance en soi. Parce que, effectivement, chaque petite victoire renforce celle-ci et nous propulse alors vers l'étape d'après.

Vous savez, porter un handicap invisible nécessite souvent de faire appel à cette stratégie. Et notamment, lorsqu'il a fallu que je remarche, avec cette jambe que je ne reconnaissais pas, eh bien… chaque pas comptait. Chaque mouvement était une victoire. Je ne me suis pas fixé immédiatement comme objectif de devenir un champion de haut niveau en parabadminton. Encore moins aux Jeux paralympiques. C'est venu avec le temps. Avec la réalisation de rêves moins grands. En revanche, j'ai continuellement avancé. Toujours avec la tête fixée vers le pas d'après.

C'est un peu ce qui m'aide à me relever lorsque je perds un match. Comment aurais-je pu avancer vers la victoire différemment ? Quelle stratégie aurais-je dû adopter pour vaincre mon adversaire ? Qu'est-ce qu'il a vu que je n'ai pas vu ? Je me remets en question. Je réévalue. Je me relève. Et j'avance. Un petit pas après l'autre.

Ainsi, on comprend que la division n'est pas un échec. C'est une simple stratégie pour rendre les obstacles plus gérables. En cas d'échec, au lieu de se perdre dans la déception, une fois la colère passée (et elle est humaine et légitime), regardez en arrière et évaluez-vous. Vous êtes capables de grandir de cela et de transformer cela en apprentissage, vraiment.

Naturellement, peut-être avez-vous sous-estimé certaines difficultés ou omis des détails importants. Mais en tout cas, la réévaluation constante de votre progression vous permet d'ajuster votre parcours, de tirer des leçons et de vous adapter.

Je comprends les défis particuliers que vous pouvez affronter. Parfois, les autres ne voient pas nos batailles internes, surtout dans le cas de handicaps invisibles. Mais cela ne les rend pas moins réelles. Moins belles lorsqu'elles sont gagnées. Moins instructives lorsqu'elles nous challengent.

On peut donc atteindre des sommets en prenant en compte cette stratégie. La clé pour aller au bout du bout est de ne jamais abandonner. De persévérer. Et pour cela s'imposer une discipline. Une routine que l'on répète constamment et dont l'essence est d'avancer. Un pas après l'autre.

Rêver

Les points d'ancrage, la *to-do list* réalisable, la puissance de la division : ce sont vos outils pour construire un chemin solide vers vos rêves.

« Tout voyage commence par un premier pas. »
(Lao Tseu)

Chaque petit pas façonne ainsi notre odyssée personnelle.

Inspiré par la sagesse de Lao Tseu, comprenez que tout voyage vers le succès commence par un premier pas. Ces petits pas, bien que modestes, sont des avancées significatives. Que ce soit dans la conquête de montagnes ou la quête du bonheur quotidien, chaque victoire, chaque étape, nous rapproche de notre sommet, transformant nos rêves en une réalité accessible.

Alors que l'entêtement demeure mon allié inébranlable, je me trouve à un carrefour, contemplant les chemins déjà parcourus. Chaque pas, chaque ascension, a été une leçon, une épreuve forgée dans le creux de ma détermination. Mais il est temps de plonger dans une nouvelle phase. Les leçons de mon année de préparation m'attendent, des enseignements gravés dans chaque blessure, chaque succès, prêts à éclairer le prochain chapitre de cette quête infatigable vers l'excellence.

Les leçons de mon année de préparation (2023)

Le rêve, ce truc qui plane là-haut, presque inatteignable. Au début, c'est un *waouh*, une aspiration vers l'inaccessible. Comme Oscar Wilde le dit : « Il faut toujours viser la Lune, car même en cas d'échec, on atterrit dans les étoiles. » C'est viser bien plus haut, avec la possibilité, au pire, d'atteindre un sommet moindre. Le rêve, c'est cette altitude vertigineuse, l'inaccessible qui pousse à déployer toutes ses ressources.

En cette année tumultueuse de 2023, j'ai maintenu mes pieds sur terre, même lorsque le sol semblait glisser sous eux. J'ai souvent perdu pied. Ma tête, je l'avoue, a eu tendance à vaciller, elle aussi. Il a fallu que je me raccroche à mes valeurs, mes désirs les plus profonds, ce qui me nourrissait vraiment. Et parmi ces points d'ancrage, une part de ma tête est dans les étoiles avec ce rêve, tel un guide.

Alors, dans mes apprentissages de cette année, février m'offre le premier avec la perte de Florent qui a été comme une avalanche, une chute brutale, une descente en dessous de mes repères habituels. Un glissement de terrain qui a demandé une remontée plus longue et difficile. Un moment de faiblesse totale. Un rappel que, dans un projet, la place de l'humain est cruciale. La précipitation dans la résolution de conflits peut se heurter à un mur infranchissable. La leçon : parfois, il faut reculer, prendre un autre chemin, éviter la confrontation.

Les Championnats du monde ont été le théâtre d'un exploit inattendu. Guillaume et moi, nous n'étions pas favoris face à deux Thaïlandais redoutables. Pourtant, notre jeu impeccable nous a valu une médaille de bronze, un moment qui reste gravé dans ma mémoire. La présence de Florent à ce moment-là accentue le regret de l'avoir perdu en cours d'année. Sa contribution fut cruciale, et son absence a nécessité une reconstruction tant sportive que mentale.

Mon propre rêve m'a conduit autour du monde, m'a appris sur moi-même et a contribué à améliorer ma patience, un défaut que je travaille encore. Au fil de mes ascensions, je m'épanouis entouré de supporters précieux : mes enfants, Émilie leur maman, mes parents, Tiffany ma compagne, mes alternants Melchior et Paul, mes agents Armand et Paul, Manon, mais également mon équipe sportive. Même si des pertes et des projets tombés à l'eau ont jalonné mon chemin, le titre de champion d'Europe est venu équilibrer la balance. Un succès obtenu malgré des blessures et des défis sportifs complexes. Le bronze en simple et en mixte a une saveur aigre-douce, la sensation d'avoir visé plus haut aux Jeux paralympiques européens de Rotterdam en août 2023.

Rêve de je(ux)

Parmi les leçons de 2023, la plus cruciale est que je suis toujours là, persévérant dans mon ascension. Parmi les projets en cours, l'écriture de ce livre constitue un défi considérable, mais mon entêtement m'insuffle la force nécessaire. Le projet #jetemevois évolue, tout comme le projet de documentaire sur mon rêve de Jeux et la gestion de mon équipe personnelle. Mon fonctionnement est ainsi : si un projet stagne, je pivote vers un autre, toujours avançant, même si c'est sur une voie différente.

J'enchaîne les projets, je le reconnais. Et qui dit plus de projets dit plus de problèmes. Cependant, résoudre des problèmes est ma passion. La difficulté survient lorsque tous les projets décident de poser des difficultés en même temps, créant un gel mental. Mon étoile guide, même lorsque le rêve perd de sa magie. Heureusement, ces moments passent grâce au temps qu'on leur accorde, la patience et la tolérance vis-à-vis de soi-même. Actuellement en France, en résolvant un problème à la fois, je prépare mon départ pour le Championnat du monde en Thaïlande, un pays chaud où la cuisine est aussi délicieuse. Sortir de sa zone de confort perturbe, mais cela aère l'esprit. Mes voyages, comme celui en Inde en juillet dernier, m'enseignent le lâcher-prise, la méditation, des compétences essentielles.

La phrase que j'aimerais que vous reteniez tous, car c'est ce que j'ai compris réellement en cette année 2023 :

Rêver

« Si ça ne se fait pas maintenant, c'est que ça ne devait pas se faire. »

Elle m'a aidé à relativiser, à avancer. Même si le ciel est couvert, le soleil est toujours derrière les nuages, alors l'espoir me guide. Je reste convaincu qu'un destin plus grand m'attend plus loin. Et c'est ce que nous avons partagé, Tiffany et moi :

« Pour avoir vécu cette année à ses côtés, j'ai compris combien le rêve était un moyen puissant d'apprendre de soi et comment puiser dans son histoire, ses valeurs pour mettre en place les moyens nécessaires afin de l'atteindre. Et clairement, ça m'inspire, Mathieu m'inspire. Car il montre que tout est possible, tout est accessible. Et le fait de se dire que l'on se sent capable, c'est comme si on s'autorisait à viser plus haut, à sortir de sa zone de confort. Par exemple, lorsque j'ai dû réorienter mon activité professionnelle de consulting sur de la conférence, il m'a montré que ce qui comptait le plus était d'être pleinement soi-même, et surtout en phase avec son message. Et je garde cela en tête, car je pense que c'est l'essence même de ce métier. Il m'a appris à croire en moi pour croire en mes rêves. Et chaque moment partagé ensemble cette année a été rythmé par cette énergie. Plus il a cru en lui, plus il se rapprochait de ses objectifs en compétition. Mon rôle a alors été de tout faire, tout mettre en place pour qu'il ait les meilleures conditions pour qu'il continue de croire en lui. Je confirme : c'est un sacré têtu, il en offre de réelles leçons, car la réussite de ses objectifs est présente, alors qu'est-ce que c'est inspirant ! »

Votre itinéraire à la suite de ce livre ?

Pour répondre à cette question, je voudrais que vous commenciez par comprendre que chacun a son propre chemin. Chaque individu est une création unique. Et à mon sens, il est essentiel d'explorer cette singularité, de trouver comment exprimer l'intelligence qui nous habite.

Bien souvent, on m'interroge : « Qui est votre modèle ? Comment êtes-vous devenu la personne que vous êtes aujourd'hui ? » Ma réponse est claire : je n'ai jamais suivi le chemin tracé par un modèle en particulier. Si l'on me demande qui est mon modèle, je réponds que c'est l'idée de vivre pleinement en étant soi-même. Mon parcours, fait de réussites et d'échecs, est le résultat d'une exploration personnelle, et je partage cette idée avec vous. Je ne cherche pas à imiter qui que ce soit. En revanche, j'identifie ce qui résonne en moi, ou pas, et je le laisse germer. Par exemple, je suis très intéressé par les documentaires. Je vous parlais de Michael Jordan comme étant une personnalité qui m'a toujours fasciné, mais j'aime aussi apprendre de politiques, d'hommes d'affaires, de personnalités médiatiques, d'artistes... Je crois comprendre que ce qui fait leur succès, c'est leur capacité à avoir compris et mis en musique leur singularité.

On peut donc comprendre qu'un modèle véritable n'incite pas à la reproduction, mais inspire, éveille des idées et encourage à explorer sa propre singularité.

Chacun de nous est un être unique, avec des talents, des expériences et des perspectives propres. Il serait donc dommage de brider cette singularité en tentant de suivre le chemin de quelqu'un d'autre. La grandeur réside dans la découverte et la mise en valeur de notre propre potentiel.

Être « meilleur » que quelqu'un d'autre n'a pas de réelle importance, tout comme ressembler à quelqu'un d'autre n'a pas d'impact significatif. Aucun être humain n'est identique à un autre, que ce soit physiquement ou mentalement. Ainsi, la richesse de l'être humain provient de son unicité. Il ne faut pas se perdre en tentant d'imiter quelqu'un.

L'imitation n'est pas la réponse que propose ce livre. Ne cherchez pas à être quelqu'un d'autre pour suivre ses traces. Soyez simplement vous-même, avec tout ce que vous portez en vous. Et peut-être maintenant quelques petites graines de réflexion que vous choisirez d'arroser et de mettre à la lumière pour les faire germer. Ou pas, et c'est O.K.

C'est, en réalité, l'essence même de mon histoire, la quintessence de mes projets, dont #jetemevois est un exemple éloquent. Trouvez votre singularité, sublimez-la, faites-en une force plutôt qu'une faiblesse, et suivez votre propre chemin. Oser. Oser affirmer ce qui compose l'ensemble de sa personne.

Ce livre n'est certes pas un manuel pour devenir quelqu'un d'autre, mais plutôt une invitation à embrasser pleinement qui vous êtes au plus profond de vous-même. Et donc à vos rêves, notamment votre rêve de « je ».

La vie devient réellement enrichissante lorsque nous comprenons que nous avons notre place unique avec nos propres missions de vie, que personne d'autre ne peut apporter exactement ce que nous apportons au monde.

Trouver votre singularité ne signifie pas ignorer les enseignements et les inspirations extérieures, mais plutôt les intégrer dans votre propre compréhension du monde.

Assimilez ce qui résonne avec votre authenticité et rejetez ce qui ne le fait pas. Le vrai modèle, c'est vous-même, tel que vous êtes, en constante évolution et en perpétuelle découverte de votre véritable « je ».

Votre itinéraire à la suite de ce livre est une invitation audacieuse à explorer votre propre voie.

Alors, avec tout ce que ce livre vous a apporté, avec chaque idée et chaque encouragement que vous avez trouvé en ces pages, poursuivez votre propre trajectoire avec espoir. Soyez l'architecte de votre destin, en vous rappelant que la plus grande aventure est de devenir pleinement et authentiquement vous-même, en vous réalisant et en réalisant vos rêves.

Mon objectif, c'est nous

Au milieu de tout cela, mon point de mire le plus important n'est pas *La Marseillaise*. « Allons, enfants de la patrie… »

Ne vous trompez pas sur mes intentions, ce serait effectivement ma quête ultime de monter sur le podium et d'entendre chanter notre hymne français, grâce à mes résultats. Mais ce serait fou de n'attendre « que » ça ! De consacrer dix ans de sa vie à pratiquer un sport de haut niveau « juste » pour l'entendre dans les haut-parleurs d'un stade. Pour ce moment-là !

Littéralement, cela ne dure que quelques minutes. Cent vingt secondes et quelques, extrêmement savoureuses, j'en conviens. Mais ce n'est pas mon objectif premier.

L'ascension de ma montagne à moi est en soi un pur plaisir. Et mon objectif est et restera de continuer à prendre ce plaisir, à apprécier de grimper les échelles de la vie.

Aujourd'hui, ce qui fait sens, et qui me donne du plaisir, c'est d'évoluer en tant que joueur paralympique. Demain, quand je prendrai de l'âge, ce sera peut-être autre chose. Mais l'objectif restera celui de prendre plaisir durant l'ascension.

Beaucoup d'artistes ont décrit ce paradoxe dans des citations marquantes. Que l'important, c'est le voyage. Ah, « c'qui compte, c'est pas l'arrivée, c'est la quête », aurait également dit Orelsan. Et j'adhère tellement à cette idée de profiter de l'instant présent, tant que celui-ci est animé vers un objectif qui fait sens. Vous ne trouvez pas ?

Il y a des moments où ce n'est pas facile. Et on le sait, que la vie n'est pas linéaire. Qu'il faut se couvrir quand il fait froid, se relever quand on chute ! Mais je trouve que le résultat est d'autant plus beau quand c'est difficile.

Alors profitons du chemin, de l'instant présent, et tant pis si, parfois, on se trompe. Il faut analyser, changer les plans, gravir une autre colline, mais ne pas perdre son objectif de vue.

Mon objectif premier, je l'ai dit en titre, c'est nous.

L'addition des Jeux paralympiques, du « je » renforcé, pour tous les porteurs de handicap, et c'est l'union de tout cela qui m'anime. Un « nous » qui rassemble. Parce que nous sommes des gouttes d'eau lorsque l'on s'isole. Mais nous pouvons aussi être des océans de changements lorsque l'on s'unit. Un glacier protecteur en haut de cette fameuse montagne. Pour le meilleur et pour le pire. Mais surtout le meilleur. Tant qu'à se construire soi-même, imaginons le faire parmi d'autres personnes tout aussi intéressantes. Parmi nous.

Depuis que mon chemin a croisé celui de Tiffany, elle aussi porteuse de handicaps invisibles, cela fait sens de construire un mouvement qui va dans ce sens !

À l'heure où j'écris ce livre, nous ne sommes qu'aux prémices de ce rassemblement, mais l'idée d'un « nous » au sens moteur et fédérateur me turlupine beaucoup.

LE PROJET « JETEMEVOIS »

Ce projet est né du constat que trop de personnes souffrent de l'image que peut renvoyer le handicap, notamment le handicap invisible. Le handicap est vu comme quelque chose de négatif et il fait peur. Souvenez-vous de la définition que l'on trouve dans le dictionnaire, comme je vous le disais au début de la deuxième partie intitulée « Transformer ». Il est temps que cela change. Nous souhaitons rendre visible ce qui jusque-là ne l'était pas. Même plus que cela : faire exister, faire briller, rendre vivante chaque singularité. Car nous sommes convaincus que c'est en étant pleinement qui l'on est, avec nos valeurs, nos envies, nos désirs, nos rêves, que l'on améliore l'inclusion, la tolérance, le respect de chacun. Accompagner toute personne à s'identifier et à créer sa propre place dans son entièreté : c'est notre « petite » mission.

Si cela vous parle et si vous souhaitez rejoindre l'aventure à nos côtés, retrouvez-nous sur www.jetemevois.com !

Comme je vous l'ai déjà dit, c'est avec Tiffany que j'ai souhaité construire ce mouvement, et c'est toute une histoire…

Elle nous le raconte : « Avec Mathieu, nous nous sommes d'abord rencontrés grâce au réseau social professionnel LinkedIn. Oui, décidément, comme avec Armand ! Il avait vu certains de mes contenus, et il appréciait ma spontanéité et l'authenticité de mes propos. C'est ainsi qu'il m'a contactée en septembre 2020. Puis il m'a confié avoir le projet d'une marque communautaire sur le handicap invisible. Son projet partait dans tous les sens, et à chacun de ses contacts, j'avoue que je n'étais pas particulièrement emballée par toutes ses idées. Le pauvre, j'étais souvent à contre-courant… ! Mais nos échanges étaient constructifs. Tant est si bien qu'en juin 2022, il me dit vouloir créer ce mouvement avec moi. Pour que nos idées, nos énergies avancent ensemble sur cette volonté commune de donner un élan positif et évolutif au handicap invisible. Il se trouve que deux mois après, je me suis séparée de mon mari, et que notre synergie s'est révélée davantage personnelle. On se rencontre ainsi pour la première fois le 5 septembre 2022, soit deux ans après notre rencontre virtuelle. Je m'en souviendrai toute ma vie. Il faut savoir que j'ai moi-même un handicap invisible, une fibromyalgie (une maladie qui provoque des douleurs musculaires et articulaires diffuses dans tout le corps, avec une grande fatigabilité, des intolérances, etc.) et un trouble du neurodéveloppement, un trouble déficitaire de l'attention avec hyperactivité (TDAH). Et à ce moment de ma vie, je n'étais pas capable de faire plus de 500 mètres sans prendre mon fauteuil roulant. Mon dépassement de soi ultime a été de prendre le train de Rennes à Paris pour le rencontrer. J'ai stressé avant et pendant le trajet, peur de faire un malaise. D'autant que, pour la petite histoire, nous avions réalisé une rencontre en *live* sur Instagram en juin 2021 pour évoquer notre choix d'être TIH (travailleur indépendant handicapé), et j'ai fait un malaise en direct, donc on s'en souvient !

Mais dès que j'ai posé le pied sur le sol parisien, toutes mes peurs et mes angoisses se sont dissipées, je n'ai absolument rien compris, je me suis demandé ce qui se passait. Et là, je vois ce grand gaillard, avec un beau sourire. On s'embrasse comme si on se connaissait depuis des années, qu'on ne s'était jamais quittés.

Rêve de je(ux)

C'était quand même la première fois que nos corps se rencontraient dans "la vraie vie". J'ai ressenti une évidence qui m'a beaucoup perturbée. Comme si je savais, comme si "enfin", il était là, je le retrouvais. Comme si je le connaissais depuis toujours. J'ai un peu d'émotions en écrivant ces mots, pour être honnête ! Et depuis, on ne se quitte plus, je l'accompagne à ses compétitions autour du monde, et cela nourrit énormément nos projets, notamment celui de JeTeMevois. Les rencontres avec les différentes cultures du monde, nos valeurs communes, nos constats partagés et notre passion pour l'humain ont donné naissance à ce mouvement que l'on crée ensemble et qui se transforme désormais en un projet encore plus impactant : une fondation. Nous avons conscience de l'ampleur de ce projet, mais il va de pair avec nos ambitions, avec notre détermination conjointe de faire bouger les choses, de trouver des solutions et d'aider tout un chacun à révéler sa lumière, et contribuer à inscrire cette reconnaissance plus officiellement.

JeTeMevois, pour être un peu plus dans le détail, c'est donc beaucoup de réflexions, comme vous le comprenez. C'est aussi des recherches anthropologiques. Et un jour, nous tombons sur la notion de "liminarité". Il s'agit d'un concept qui se réfère à une phase transitoire entre deux états. Et le handicap par exemple s'y prête totalement. Les personnes ne sont pas à 100 % valides, mais ne le sont pas non plus à 0 %. Il y a donc une forme de blocage par l'entre-deux créé, qui génère de l'incompréhension, de la maladresse et de la peur. Et nous souhaitons justement faire évoluer ce statut et le faire avancer vers cette reconnaissance et cette tolérance.

C'est là qu'intervient JeTeMevois. Ce nom, on vous en parle depuis quelques lignes, il est étrange et interpelle. Et si l'on met certaines lettres en évidence, c'est parce qu'il y a un sens. JTM : on peut lire le "je t'aime". Car l'amour est à la racine de ce projet de par notre histoire avec Mathieu, certes, mais c'est aussi ce qui rassemble les humains et qui leur permet d'être créatif et de faire évoluer les mentalités, les mœurs. On peut donc lire "Je Te vois" : je te considère, je te comprends, tu existes, tu n'es plus invisible, je t'accepte tel que tu es. Il y a aussi le "Je Me Vois" : je m'accepte pleinement, je m'ouvre aux opportunités de la vie, je m'autorise à me dépasser et à vivre la vie que je mérite de me créer.

Vous voyez, c'est une sorte d'invitation à oser être. En simplicité malgré une réalité qui est certes compliquée pour beaucoup. On souhaite ainsi offrir une dimension positive, régénératrice par le biais de l'art photographique, culturel. Par le biais de nos prises de parole. Il est temps de mettre la lumière sur l'ensemble des humains et je suis heureuse et fière d'être aux côtés de Mathieu pour cette vie de tous les possibles. »

On s'est donc donné la main, avec Tiffany, sur de nombreux plans. Elle partage ma vie parce que cela fait sens. Et avec vous, nous partons sur une sorte d'aventure intuitive, instinctive, qui nous appelle du plus profond de nous-mêmes. Vous êtes bien attachés ? Venez vivre vos rêves non plus sous la coupe d'un « il faut – je dois » mais animés par le feu d'une quête passionnante.

Ce que je veux transmettre, à mes enfants, à mes lecteurs !

Ce que je veux transmettre à mes enfants, ou plutôt ce que je ne veux pas transmettre à mes enfants. Car aujourd'hui, je vois beaucoup de parents qui ont envie, inconsciemment ou non, que leurs enfants accomplissent ce qu'ils n'ont pas réussi à faire dans leurs vies. Je veux vraiment leur transmettre cette vision qu'ils ont de leur vie et, moi là-dedans, j'ai envie d'être leur modèle, un exemple à suivre, mais tout en leur laissant leur libre arbitre : ce sont eux qui feront leur choix de vie.

Je veux également transmettre le fait que nos rêves sont aux plus profonds de nous, depuis toujours. Et qu'il convient à chacun de se connecter à ses passions, à ce qui le ressource, à sa singularité pour les identifier et les réaliser. Les rendre vivants. Intenses. Remplis d'émotions.

Je suis persuadé que c'est la clé, cette singularité. Que c'est elle qui illumine nos chemins de vie et nous fait briller dans ce monde. Qui apporte l'apaisement, le bien-être, le bonheur. Et qu'elle a tant à offrir aux autres singularités.

Alors, je m'efforce vraiment de donner le meilleur de moi-même. Que mes actions reflètent mes valeurs, mes rêves. De faire en sorte qu'à la fin de mes jours, le jour où je passerai le flambeau à mes enfants, ils soient fiers de moi. Mais avant tout, que JE sois fier de moi-même. Partir sans regrets, n'est-ce pas là le rêve de tout un chacun ? Un but ultime qui nous ressemble et nous rassemble ?

Certaines heures qui entourent cet ouvrage n'auront pas été simples. J'ai beaucoup douté, aussi. Ne croyez pas que ce soit simple et facile. Certaines fois, je souffre énormément. Je me retranche profondément dans cette partie sombre. La face cachée des sportifs de haut niveau. Mais vous, chers lecteurs, je voudrais que vous reteniez l'essence de tout cela : qu'il faut parfois passer par des chemins abrupts pour accéder à certains rêves.

Dans ce livre, nous avons beaucoup parlé d'acceptation, dans un premier temps. Et ce n'est pas qu'une étape. C'est tout le temps. Tout au long de sa vie.

Car la vie n'est qu'un cycle éternel où les choses se répètent sans cesse.

Actuellement, je dois également accepter cette part d'ombre qui m'habite en phase de qualification. Ces moments d'euphorie, lors de victoires, mais aussi et surtout ces moments sombres, là où tout recommence.

Puis tout cela se transforme. Nous en avons parlé dans une seconde partie. La transformation s'opère de mille et une façons. On cherche des solutions, on échoue, on recommence, on passe par la fenêtre si on nous ferme la porte. Au final, tout est une question d'adaptation, de résilience et de trouver le moyen d'atteindre son rêve, son pourquoi, son JE. Et je suis encore en plein dedans. En plein dans cette phase de transformation. Avec ce rêve en ligne de mire, les Jeux paralympiques. Un rêve bordé par l'envie inépuisable de changer le monde du handicap invisible. De le transformer, lui aussi, pour mieux percevoir la lumière qui existe en chacun de nous.

L'espoir pour réaliser vos rêves

On connaît tous cette citation « L'espoir fait vivre », mais clairement, je pense que c'est une réalité. Et si j'ai compris quelque chose ces dernières années, c'est que plus on croit en nos rêves, plus on les visualise, on les projette, on les ressent au fond de soi, plus ils deviennent réels. Alors, je n'ai jamais cessé d'y croire. J'ai douté, oui, parfois très fort avec les difficultés que j'ai rencontrées, je ne vais pas vous mentir. Mais j'avais cette flamme. Je pourrais même dire : cette étoile.

J'aime croire que nous sommes toutes et tous des étoiles, que nous sommes connectés les uns aux autres. Que les rencontres, les hasards ont une raison d'être et d'exister. Qu'elles ont un impact dans nos vies respectives. Et ces étoiles, ces « poussières » de l'Univers, *a priori* pas très « jolies », regroupées entre elles, illuminent le ciel. On admire leur capacité à former des constellations, à raconter des histoires, à nous guider, à réaliser nos souhaits quand elles dansent sous nos yeux.

J'aime avoir l'espoir que le rêve de chacun générera la joie, la passion, l'inspiration à se réaliser. Par ce fait, que l'on contribue toutes et tous à rendre notre monde meilleur. Ça paraît utopique ? Peut-être. Mais j'y crois. Et cet optimisme, je veux le cultiver. Je veux en prendre soin et le chérir, car c'est ce qui me rend vivant. C'est ce qui me donne l'envie de me lever et me donne cette énergie de partager et de transmettre.

Pour la petite histoire, à la fin de l'année 2023, est sorti le film d'animation des studios Disney *Wish*. Au moment où je l'ai vu, j'étais en train de terminer ces quelques lignes de mon livre. Et il y a une phrase qui m'a particulièrement ému :

« Les gens pensent que les vœux sont une idée, mais non, ils sont une part de notre cœur. »

Cela implique deux idées : le fait que nos rêves font partie de notre ADN, qu'ils ont toujours été là, qu'ils nous constituent, nous construisent et font de nous les êtres que l'on choisit de devenir. Puis, le fait que chacun seul est en mesure de réaliser ses vœux, ses rêves, de manière la plus juste et la plus pure. Cette invitation à cette connexion intérieure est puissante et j'ai le sentiment qu'à l'aube de ma qualification pour Paris, je sais. Je suis en phase. J'irai au bout du rêve, et même au-delà, je vais continuer de rêver encore et encore.

Car mon rêve est réel, je le construis chaque jour.

Mon rêve est pur parce que j'y mets toute mon âme, toutes mes émotions, toute ma sincérité, toutes mes énergies pour le rendre vivant.

Mon rêve est précieux, fragile, j'ai appris à l'apprivoiser et à en prendre soin pour le rendre plus fort et lumineux sur mon chemin de vie.

Mon rêve est multiple, il est pour moi, avec ce « je », ces « Jeux », mais aussi pour mes enfants et les gens qui m'entourent, à qui je voudrais transmettre ce goût du rêve et de l'espoir.

Rêver

Mon rêve est constamment nourri de mes rencontres, de mes voyages, des événements de la vie qui illuminent encore plus mon étoile intérieure.

Je n'aurais jamais cru qu'un jour, j'écrirais ces lignes, qui paraîtraient dans un livre, imprimé en plusieurs milliers d'exemplaires. Que mon message aurait une trace pour toujours sur ces papiers, et se transmettrait de main en main, au fil du temps (enfin, je l'espère).

Mais j'ai osé croire que c'était possible. Et ça l'est. Il est là, il se trouve dans vos mains. Alors avec toute ma passion, mon engagement, mon amour, mon espoir, j'aimerais vous dire qu'il ne tient qu'à vous maintenant d'oser croire en vous, de vous rendre compte que vous seul et personne d'autre ne pourra réaliser vos rêves les plus profonds. À part vous. Soyez fier de vous. De votre parcours. De tout ce que vous avez vécu, de comment vous vous êtes relevé de moments parfois difficiles. Vous êtes encore plus fort. Plus courageux. Même si vous pouvez parfois penser le contraire. Ce qui compte, c'est maintenant. Et c'est un véritable cadeau. Ce n'est pas pour rien que nous l'appelons le « présent ».

Vous méritez d'exister.

Vous avez le droit de faire des rêves et de les réaliser, vous les incarnez depuis toujours, ils sont là, au creux de vous.

Rêve de je(ux)

Croyez en vous, ayez confiance, continuez de toujours espérer.
Vous le pouvez. Car vous êtes tout simplement en vie.

« Je pense que tout est possible
à qui ose, rêve, travaille
et n'abandonne jamais. »
(Xavier Dolan)

Remerciements

Écrire ce livre a été une véritable opportunité de me remettre en question et a été une vraie source thérapeutique. C'est tout un apprentissage sur la vie, sur ma vie. On dit souvent quand on accepte une situation que l'on a « tourné la page », qu'on « clôt » un chapitre, qu'on passe à un autre ouvrage à écrire. Cette métaphore est parlante, car les derniers mots que je souhaite partager pour poursuivre mon histoire sont adressés à celles et ceux qui ont joué un rôle, tels des personnages. Je leur en suis reconnaissant, car peu importe d'où ils viennent, leurs intentions, leur durée dans ma vie, ils ont tous participé à construire l'homme que je suis devenu. Évidemment, certains ont une place particulière, alors ici, je souhaite leur exprimer toute ma gratitude.

Tout d'abord, je tiens à remercier mes parents et leur exprimer ma gratitude profonde pour tout ce que vous m'avez donné tout au long de ma vie. Votre amour inconditionnel, votre soutien indéfectible et les valeurs que vous m'avez transmises ont façonné la personne que je suis aujourd'hui.

Votre dévouement à mon bien-être, votre patience inlassable et votre capacité à croire en moi lorsque je souffre sont des trésors inestimables que je chérirai toujours. Vous m'avez montré le chemin de l'intégrité, de la persévérance et de la bienveillance, des leçons qui m'ont guidé dans tout ce que j'ai entrepris.

Je reconnais que je ne serais pas la personne que je suis aujourd'hui sans vos sacrifices, vos enseignements et votre amour constant. Vous avez été mes modèles, mes mentors et mes plus grands supporters, et pour cela, je suis éternellement reconnaissant.

Je remercie ensuite mon frère pour son dévouement, son écoute, ses questionnements. Notre lien depuis tout petits, avec nos passions sportives, a construit l'homme que je suis et fait de moi un grand frère fier d'être à tes côtés.

Je remercie aussi toute ma famille pour vos encouragements et votre présence même à distance durant toutes ces épreuves traversées.

J'aimerais remercier Tiffany, celle qui partage ma vie aujourd'hui, une femme extraordinaire, douce, forte et qui me permet de grandir chaque jour, qui me fait sentir meilleur. Une femme qui partage et te fait

Remerciements

ressentir l'amour que tu as en toi. Grâce à elle, je me dis que vraiment tout est possible, car à ses côtés, je n'ai plus de limite. Nous avons cette fusion, ces deux énergies qui nous lient et qui nous donnent une force magique et indestructible. Dernier exemple en date : rien que ce livre n'aurait pu voir le jour sans cette capacité à trouver des solutions. On dit que derrière chaque grand homme, il y a une femme d'exception, je dirais que j'ai surtout retrouvé une partie de mon étoile et que, à deux, nous brillons encore plus.

Je veux aussi exprimer toute ma reconnaissance à Émilie, pour la transformation que tu as opérée chez moi et pour le plus beau trésor que l'on a construit ensemble et que j'ai dans ce monde : Mila et Soa. Je suis fier d'être votre papa, vous me donnez une force de plus dans ce monde et je serai toujours là pour vous donner mon amour et mon soutien dans tous les projets et rêves que vous souhaiterez accomplir.

Un grand merci à ma *team*, Armand, Manon, Melchior et les deux Paul, pour leur énergie, leur force, leur motivation à faire bouger les choses à mes côtés. Vos valeurs, votre engagement et votre amitié autour de tous nos projets font de vous des personnes précieuses dans ma vie.

Un grand merci à tous mes entraîneurs de badminton (vous avez été nombreux) pour m'avoir fait évoluer dans mon jeu, avec une spéciale dédicace à Michel et son équipe (Fabrice et Clément) qui m'ont accompagné dans la construction de ce rêve de Jeux. Vous avez su voir le joueur avant le handicap, me considérer pour ce que je suis et non ce que j'aurais pu représenter, et cela a grandement aidé à mon acceptation.

Je n'oublie pas Claire et Éric, pour que mon corps et ma tête soient prêts à affronter tous les obstacles que cette ascension demandait.

Merci à mes partenaires pour leur soutien, de croire en mon projet, en ce rêve. D'oser partager un nouveau regard sur le handicap, et notamment le handicap invisible à travers mon histoire. Je suis fier d'avoir contribué à la vôtre à travers tous nos partages qui ont finalement contribué à semer des graines de tolérance et de respect dans notre société.

Je souhaite également exprimer ma reconnaissance envers Sébastien, Benoit et Jean-Charles qui m'ont apporté amour, écoute et fierté grâce à leur amitié sincère et profonde. J'ai mes deux pieds sur terre grâce à vous.

Un grand merci à Muriel qui a coécrit ce livre et à mon éditeur pour leur expertise, leur patience et leur professionnalisme. Vous avez contribué à façonner ce livre et à le rendre meilleur.

Enfin, je tiens à remercier les lecteurs qui choisiront de plonger dans ces pages. C'est pour vous que

Remerciements

ce livre a été écrit, et j'espère qu'il vous apportera inspiration, information et transformation.

Merci à tous pour votre précieux soutien tout au long de ce voyage littéraire.

Avec tout mon amour,

Mathieu

Retrouvez-nous sur les réseaux sociaux :

City Editions

🌐 www.city-editions.com
📷 @cityeditions
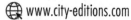 www.facebook.com/cityeditions/
🐦 @CityEditions
♪ @cityeditions

Achevé d'imprimer en avril 2024
sur les presses de la Nouvelle Imprimerie Laballery
58500 Clamecy
Numéro d'impression : 403701

Imprimé en France

La Nouvelle Imprimerie Laballery est titulaire de la marque Imprim'Vert®